Mit einem schönen Gruß: Ihr persönliches Leseexemplar

Peter Henning

DER SCHÖNE SCHATTEN

Meeresnovelle

: TRANSIT

Wozu versuchen, unlösbare Geheimnisse aufzudecken
und Gespenster zu verfolgen, wenn das
Leben hier war, ganz einfach, in der Sonne?

Patrick Modiano

EINS

Max Wahlberg stemmte sich gegen den Wind, warf die Reisetasche in den Kofferraum, stieg in seinen Wagen und ließ den Motor an. Dann schaltete er die Wischer ein, weil schwere Regentropfen gegen die Scheibe schlugen, legte den ersten Gang ein und manövrierte den Seat aus der Parklücke.

Ohne ein genaues Ziel vor Augen hatte er vor dem offenen Schrank im Schlafzimmer gestanden und wahllos Kleidungsstücke in seine Reisetasche geworfen. An der Garderobe in der Diele hatte er seine Lederjacke vom Bügel gerissen, sie sich übergeworfen und auf Brusthöhe seine Brieftasche ertastet. Sein Handy hatte in der linken Seitentasche gesteckt, die Autoschlüssel lagen auf dem Schränkchen mit den Telefonbüchern. Ohne sich noch einmal umzudrehen, hatte er die Wohnungstür hinter sich ins Schloss gezogen und war in den Aufzug gestiegen. Er wollte einfach nur weg.

Der Brief des Dekans war am Vortag gekommen. Er solle »*in Angelegenheiten*« seiner Examensarbeit, wie es dort hieß, ins Dekanat kommen und sich einem Gutachterausschuss stellen. In drei Tagen. Doch um diese Zeit wäre er längst am Meer.

Max stellte sich vor, wie die Herren in dem von Neonlicht erhellten Seminarraum säßen, vergebens auf ihn warteten und einander irgendwann achselzuckend ansähen.

»*In Angelegenheiten*« war eine verdeckte Drohung, so als richte jemand eine geladene, in einer Manteltasche steckende Waffe auf ihn. Dabei war alles ganz einfach: er hatte eine bereits veröffentlichte Arbeit abgeschrieben und als seine ausgegeben, hatte das Manuskript zum Buchbinder gebracht und anschließend eingereicht. Und sie waren dahinter gekommen, was, das hatte er vorher gewusst, den unverzüglichen Ausschluss aus dem Universitätsbetrieb bedeutete und zur Folge hatte, dass seine akademische Laufbahn damit unwiderruflich und für alle Zeit beendet wäre. Trotzdem hatte er die Arbeit des Anderen in großen Teilen übernommen. Aus Mangel an Kraft und Ehrgeiz, aber auch, weil er keine Lust mehr hatte, sich länger in ein System zu fügen, das er nicht mochte.

»*In Angelegenheiten*«. Er ließ sich die ungelenke Formulierung, hinter der sich nichts anderes als sein aufgeflogener Betrug verbarg, auf der Zunge zergehen. Und stellte sich dabei vor, wie er das Dekanatsschreiben, das Zeugnis seiner Niederlage, das in seiner Jackentasche steckte, später, wenn er am Meer wäre, genüsslich zerreißen und die Papierschnipsel wie Konfetti in den Wind schleudern würde.

Er lenkte den Wagen auf die Schnellstraße. Eine kräftige Böe wehte trockene Blätter über den Asphalt und ließ sie in Spiralen aufwirbeln. Wenig später wechselte er auf die Autobahn in Richtung Arnheim.

Der Himmel war aufgerissen. Zwischen dem tief hängenden, vom Sturm hin und her getriebenen Grau zeigten sich trotz des Regens erste zaghafte Spuren von Blau. Wenn er sich ranhielt, könnte er in zweieinhalb Stunden in Amsterdam und noch eine Stunde später in Zandvoort am Meer sein.

Max nahm eine Zigarette aus der auf dem Beifahrersitz liegenden Schachtel, schob sie sich in den Mundwinkel und klickte das Feuerzeug an.

Zufrieden sog er den Rauch in seine Lungen ein und behielt ihn dort solange, bis er den vertrauten leichten Schwindel im Kopf spürte. Anschließend blies er ihn aus dem spaltweit herunter gedrehten Seitenfenster.

Aus den Boxen lärmten »Coldplay«, und Max stellte sich das ungläubig erstarrte Gesicht seiner Mutter vor, wenn sie von seinem Betrug und den damit verbundenen Konsequenzen erfuhr.

Er steigerte mit einem Griff zum Regler die Lautstärke, um ihre Stimme in seinem Kopf zu übertönen, die, sobald er auch nur an sie dachte, darin anhob wie die ersten Takte einer viel zu oft gehörten Melodie.

Kurz vor Arnheim fuhr er, müde von der immer gleichen Sitzhaltung und der Eintönigkeit der vorbeiziehenden Landschaft, eine Raststätte an. In der Toilette klatschte er sich über das Waschbecken gebeugt mit zur Kuhle geformten Händen das eiskalte Wasser ins Gesicht. Anschließend blätterte er gelangweilt in den Automagazinen, die zwischen den Tageszeitungen und Frauenmagazinen in den Regalen lagen. Bevor er den Shop verließ, kaufte er ein Merianheft über Amsterdam.

Als er zweieinhalb Stunden später in Zandvoort ankam, hatte der Wind sämtliche Regenwolken vertrieben, und das Meer glitzerte im Sonnenlicht wie ein grüngraues Tuch voller Edelsteine.

Max fand eine günstige Pension und erhielt ein schmales, süßlich riechendes Einzelzimmer mit Meerblick. Dessen Wände waren mit hellen Holzpaneelen verkleidet. An die Decke war ein grobmaschiges Fischernetz gespannt, in dem sich zwei verstaubte, blassrote Seesterne aus Plastik verloren. Der graue, fleckige Teppichboden musste einmal weiß gewesen sein.

Er stellte seine Tasche auf den kleinen, mit dunklen kreisförmigen Brandlöchern übersäten Holztisch, vor dem ein Stuhl stand, setzte sich aufs Bett und drückte prüfend mit seiner rechten Hand gegen die Matratze. Dann öffnete er das Fenster und sah hinaus aufs Meer.

Am Strand liefen vereinzelt Leute. Leuchtende, sich langsam bewegende Punkte, umflattert von aufdringlichen Möwen, die etwas zu ergattern hofften. Weiter links war eine blaue Fischbude auf Rädern zu erkennen, die, von einem Traktor gezogen, langsam aus dem engen Bildausschnitt verschwand. Max drückte das Fenster zu und lief hinunter zum Strand. Früher war er manchmal mit seiner Mutter übers Wochenende ans Meer gefahren.

Er ertastete das Schreiben des Dekans in seiner Jackentasche und musste bitter grinsen. Es markierte den absurden Schlusspunkt einer Serie von Niederlagen, die sich zuletzt wie ein roter Faden durch sein Leben zogen. Kürzlich war seine Beziehung zu Karen nach mehr als vier Jahren zerbrochen, und das Verhältnis zu seiner Mutter war seit langem nicht mehr wie früher.

Zuletzt hatte Max sich gleichgültig und wie von außen dabei zugesehen, wie er sein altes Leben langsam aus dem Blick verlor: seine Ziele, seine Bindungen und stückweit auch sich selbst.

Er lief zwischen den Pfützen, funkelnden Spiegeln, welche die Ebbe am Morgen zurückgelassen hatte, ziellos umher, bückte sich nach Muscheln und schönen

Steinen und beobachtete einen älteren Mann, der mit seinem Hund, einem Bobtail, spielte, indem er einen gelben Tennisball immer wieder im hohen Bogen ins Wasser warf.

Max verfolgte eine Zeitlang fasziniert, mit welch animalischer Freude sich das zottelige Wesen beherzt in die Fluten stürzte, um den Ball zu holen. Bis sich plötzlich eine junge Frau ins Bild schob, deren langes dunkles Haar wie eine Fahne oder ein Tuch spielerisch im Wind flatterte.

Max ließ Mann und Hund hinter sich und folgte der jungen, mit einem schwarzen, knielangen Wollmantel bekleideten Frau. Dabei war er überhaupt nicht auf eine Eroberung aus, vielmehr faszinierte ihn ihre selbstvergessene Art. Denn war er nicht hierher gekommen, um eine Weile alles zu vergessen? Die Trennung von Karen? Die Schmach, die er sich mit seinem Betrug eingehandelt hatte? Und auch die Tatsache, dass er sich schlagartig um eine halbwegs aussichtsreiche Zukunft gebracht hatte?

Unmerklich hatte er die Distanz zu der Frau vor ihm verringert, sodass ihn nun keine sechs Meter mehr von ihr trennten. Er spielte mit dem Gedanken, sich wieder zurückfallen zu lassen, als die Frau plötzlich stehen blieb, sich umdrehte und ihn ansah, sodass er ebenfalls stehen blieb. Dann machte sie ein paar Schritte auf ihn zu, strich sich mit der rechten Hand eine dicke Haarsträhne aus der hohen Stirn und fragte mit einem Lächeln: »Verfolgen Sie mich?«

»Oh, nein, natürlich nicht! Entschuldigen Sie bitte«, antwortete Max. »Ich weiß auch nicht, weshalb ich Ihnen nachgelaufen bin. Ich war einfach in Gedanken.«

»Schade!«, sagte die Frau und ließ ihren rechten Arm

langsam sinken, der linke war in ihrer Manteltasche vergraben. Dabei sah sie ihn an wie jemanden, von dem man sich in Sekundenschnelle ein Bild zu machen versucht.

Der Wind zerzauste weiter ihr Haar, und von oben, von der Promenade her, war ein Knallen zu vernehmen, weil eine Böe in eine der dort gehissten Flaggen fuhr.

»Was ist schade?«, fragte er überrascht, zog den Reißverschluss seiner Jacke ganz hoch und stellte den Kragen auf.

»Ach, nichts!«, antwortete sie und senkte kurz ihren Blick, »aber wenn Sie möchten, können Sie mich noch ein Stück begleiten!«

»Gerne«, antwortete Max, und schloss zu ihr auf, die sich bereits wieder umgedreht hatte und weiter lief.

Die Flut kam, und er glaubte förmlich sehen zu können, wie das Wasser stieg und das sich wenige Stunden zuvor verloren gegebene Land Zentimeter um Zentimeter zurückeroberte. Über das Meer kam ein kühler salziger Hauch, und der Himmel zog sich wieder zu.

Vielleicht zweihundert Meter liefen sie wortlos nebeneinander her. Dann blieb die Frau stehen und lächelte ihn an: »Danke für die Begleitung!« Anschließend verschwand sie über eine der seitlich in den Hang gebauten Treppen Richtung Innenstadt.

Kurz spielte Max mit dem Gedanken, ihr nachzugehen. Doch statt sich in Bewegung zu setzen, rief er ihr hinterher: »Wie heißen Sie?«

Oben auf der Promenade blieb die Unbekannte stehen, drehte sich kurz um, winkte und verschwand.

ZWEI

Max lag bereits eine ganze Weile bei offenem Fenster im Dunkel des Zimmers im Bett und glaubte ein paar Mal den schwachen Abglanz der Bord- oder Positionslichter der hinausfahrenden Fischkutter an der Zimmerdecke zu sehen. Dann wurde es sekundenlang hell, als ob ein Autoscheinwerfer auf- und wieder abgeblendet wurde. Ansonsten war es bis auf den milchigmatten Schein des Mondes nahezu finster im Raum.

Er hatte am Abend eine Kleinigkeit in einem Bistro gegessen, hatte Bier getrunken und zwei Männern beim Billardspiel zugesehen. Später, auf dem Weg zurück zur Pension, war ihm ein Rudel herrenloser Hunde in der Dunkelheit entgegengekommen, räudige, abgemagerte Kreaturen, an deren Flanken sich deutlich die Rippen abzeichneten. Wie schwach glühende Lämpchen hatten ihre Augen in der Dunkelheit aufgeleuchtet.

Eines der Tiere, ein struppiger, ziemlich großer dunkler Mischling fixierte ihn, als versuche er, sich seine Gestalt einzuprägen. Dann war das Rudel in der Dunkelheit verschwunden.

Das Zimmer war erfüllt von den würzigen Aromen der Nacht und des Meeres, und Max fühlte den Schlaf kommen und auf seinen Körper übergehen. Doch jedes Mal, wenn er glaubte, einzuschlafen, störte ihn das Bild der Unbekannten vom Strand wieder auf. Ruhelos änderte er immer wieder seine Position und warf sich von einer Seite auf die andere. Bis sein Widerstand gegen die harte Matratze irgendwann erlahmte und er hinab sank in die Schwärze.

Als er sieben Stunden später aus einem nicht wirklich

erholsamen Schlaf erwachte, war es bereits hell, obwohl seine auf dem Fensterbrett über ihm liegende Armbanduhr erst vier Uhr siebenunddreißig zeigte. Er angelte nach seinen Zigaretten und dem Feuerzeug und steckte sich eine an.

Als Junge hatte er sich davor gefürchtet, vor seiner Mutter, die im Nebenzimmer schlief, aufzuwachen und früher oder später seinen eigenen Gedanken ausgeliefert zu sein, die, in der bedrückenden Stille seines Zimmers, dann wie so oft bald nur noch ein Thema kannten: das Sterben und den Tod.

Seit er denken konnte, hatte Max Angst vor dem Sterben und dem Tod. Ob er im Bus zur Schule saß und seine Nase an die vibrierende Fensterscheibe drückte, mit geschlossenen Augen im Bett lag und auf seinen eigenen, schneller gehenden Atem lauschte, oder alleine in der halbvollen Badewanne in der sich langsam abkühlenden Seifenlauge lag: wo immer er war, hatte er das sichere Gefühl, eine unsichtbare Kamera sei auf ihn gerichtet, vor der es kein Entkommen gab. Das immer offene, ihn fixierende Auge des Todes. Und bei der Vorstellung, eines Tages, in einer fernen Zukunft, sterben zu müssen, zu erkalten und in einem Sarg zu liegen oder in einem Ofen zu landen, in dem sein Fleisch unter den Schlägen der Hitze aufzuquellen, zu sieden und schließlich zu schmelzen begann, überfiel ihn regelmäßig eine leichte Panik, gegen die nur eines half: der unverzügliche Gang hinüber an das Bett seiner schlafenden, ruhig und gleichmäßig atmenden Mutter, deren friedlicher, Vertrauen einflößender Anblick ihn schließlich auf andere Gedanken brachte. Doch was er seither nie mehr vergaß, das war die Demütigung durch die Angst, die ihn ihre ganze Macht und seine ganze Hilflosigkeit spüren ließ.

Erwachsenwerden, das hatte er damals schmerzhaft lernen müssen, bedeutete, mit dieser Erfahrung umgehen und leben zu müssen und trotzdem zu versuchen, glücklich zu sein. Und das hieß: die Angst zu akzeptieren und den Tod ins Bewusstsein aufzunehmen und mit ihm zu leben.

Gegen sieben schlief er, nachdem er lange wach gelegen, geraucht und auf die Geräusche des Meeres gelauscht hatte, mit dem Bild der schönen Unbekannten vor Augen noch einmal ein.

Als er zwei Stunden später wieder erwachte, war das Zimmer vom gedämpft vom Strand herüberdringenden Geschrei der Möwen und vom Sonnenlicht erfüllt. Sämtliche Gegenstände schienen von innen heraus zu leuchten.

Als Student war Max manchmal gemeinsam mit einem Freund übers Wochenende nach Zandvoort gefahren. Jens war mit seinem Surfbrett hinaus aufs offene windgepeitschte Meer gejagt und Max hatte vom Strand aus seine waghalsigen Manöver mit dem Feldstecher verfolgt.

Doch die meiste Zeit hatten sie in wechselnden Cafés gesessen, geredet, die FAZ gelesen und Schokomellen, und später, wenn die Dämmerung einsetzte und die zahllosen Shops und Boutiquen die engen Sträßchen Zandvoorts erleuchteten, im »Café Neuf« bis nach Mitternacht Billard gespielt und Bessenjenver getrunken. Doch das war Jahre her, und der Kontakt zu Jens beschränkte sich inzwischen auf ein, zwei Telefonate im Jahr.

Dabei hatte Jens einmal eine nicht ganz unbedeutende Rolle in Max' Leben gespielt, als dieser sich neben dem Studium der Kunstgeschichte, das ihn zunehmend langweilte, eine Zeitlang als freier Autor versuchte und Jens, damals Chefredakteur eines Stadtmagazins, ihn mit Aufträgen versorgte.

Max schrieb gegen lächerlich geringe Honorare Filmkritiken und Berichte über Ausstellungen, die er besuchte, blumig abgefasste Elaborate, die Jens jedes Mal umschreiben musste, ehe sie ins Heft kamen. Bis er die Lust an seiner Nebentätigkeit verlor, Jens die Stadt verließ, um als Werbetexter in Hamburg anzuheuern, und er widerwillig zu den Abhandlungen »Über das Bild des Bösen im Mittelalter« und zur »Malerei des 18. Jahrhunderts in England« zurückkehrte.

Max zog sich an, warf sich seine Lederjacke über und lief hinunter zum Strand. Die Fischbude, die er am Vortag gesehen hatte, war wieder da. Er bestellte schwarzen Kaffee und ließ seinen Blick über den Strand gleiten.

Er war nach Zandvoort gekommen, um zu überdenken, wie es mit seinem Leben weitergehen sollte. Doch seit der Begegnung mit der Unbekannten am Vortag war dafür auf einmal kein Platz mehr.

Gegen Mittag würde er den weithin sichtbaren Aussichtsturm aufsuchen. In den oberen Räumen befand sich ein kleines Restaurant, in dem er ein paar Mal mit Jens gegessen hatte. Er würde seiner Mutter eine Postkarte schreiben. Außerdem spielte er mit dem Gedanken, Jens in Hamburg anzurufen.

Vorher wollte er sich ein Fahrrad besorgen und eine

kleine Tour durch die Dünen machen und später, nach dem Essen, hinüber zum »Circuit Park« fahren, dem alten Formel Eins-Kurs vor den Toren der Stadt, auf dem Jack Brabham 1966 den »Großen Preis von Holland« gewonnen hatte.

Mit Jens hatte er einmal, angelockt vom Lärm der Boliden, am Straßenrand gehalten. Sie kamen aus Haarlem, waren ausgestiegen und hatten den Sandwall erklommen und gegen die tief stehende Sonne eine ganze Weile den Rennwagen dabei zugesehen, wie sie röhrend ihre Trainingsrunden drehten.

Nachdem er seinen Kaffee getrunken hatte, stapfte er über den menschenleeren Strand. Bis ihn nach nicht einmal hundert Metern eine leichte Unruhe überfiel, er umkehrte und hinauf in die Stadt lief. Dort hielt er eine Zeitlang Ausschau nach einem Fahrradverleih. Doch auch dieses Vorhaben gab er bald erfolglos auf, ging zu McDonalds und aß einen Cheeseburger. Jedes Mal, wenn hinter der Scheibe eine jüngere Frau vorbei lief, sah er gebannt nach draußen. Und plötzlich begriff er, was er sich bis dahin nicht hatte eingestehen wollen: dass er an nichts anderes mehr denken konnte als an die Unbekannte vom Strand.

Später suchte er sie in jedem ihm entgegen kommenden Frauengesicht, in jeder offenen Ladentür. So wurde es Nachmittag, und er lief ernüchtert zurück zu seiner Pension, stieg in den ersten Stock zu seinem Zimmer hinauf und legte sich aufs Bett.

Er nahm das kleine Sony-Radio aus seiner neben dem Bett stehenden Tasche, schaltete es ein und suchte nach einem deutschsprachigen Mittelwellensender. Schließlich fand er die Deutsche Welle, und nach ein paar Musikstükken kamen Nachrichten und der Sprecher sagte, im Raum Freiburg habe es am Vormittag Erdstöße der Stärke 4,9 gegeben. Es hieß, das Beben sei bis in die Schweiz hinein zu spüren gewesen. Die Erdstöße hätten zu erheblichen Sachschäden geführt. Max griff nach seinen Zigaretten. Über mögliche Personenschäden lägen zur Stunde noch keine Informationen vor.

Ein Erdbeben in Deutschland? Dass dort so etwas möglich war? Ereignete sich derlei nicht in der Regel nur in Japan, in Anatolien oder im fernen Südamerika? Tausende von Kilometern von Deutschland entfernt?

Er beschloss, Jens in Hamburg anrufen, drückte die Zigarette in dem auf dem Tisch stehenden Aschenbecher aus und zog sein Handy hervor.

»Ich bin's, Max!«, sagte er, als auf der anderen Seite abgenommen wurde.

»Du?«, sagte Jens. »Ich dachte im ersten Moment, der Freund meiner Schwester wäre dran, der heißt nämlich auch Max!«

»Ich bin in Zandvoort!«, sagte Max, »und wenn ich so aufs Meer schaue, habe ich das Gefühl, du müsstest jeden Moment mit deinem gelben Segel da draußen am Horizont auftauchen!«

»Keine üble Vorstellung!«, antwortete der Andere, »aber aber ich hab' im Moment kein Brett. Mein altes war ohnehin nicht mehr ganz taufrisch und hat nach dem letzten Trip endgültig den Geist aufgegeben.«

»Aber wieso kommst du nicht trotzdem her? Übers Wochenende? Ich besorg dir ein Zimmer!«, sagte Max.

Einen Moment herrschte Stille. Dann antwortete

Jens: »Ja, warum eigentlich nicht? Eine Luftveränderung täte mir mal wieder ganz gut!«

Dann überlegte er kurz: »Heute ist Mittwoch, ich könnte, wenn alles glatt geht, Freitag am frühen Abend da sein! Hängt ganz davon ab, ob ich einen passenden Flieger und 'nen direkten Anschlusszug kriege.«

»Klasse, Jens!«, sagte Max, und malte sich aus, wie sie im »Café Neuf« bei Bier und Genever säßen und die alten Zeiten heraufbeschworen.

»Ich schau mal, was sich machen lässt, und melde mich wieder bei dir, okay?«

»Gut«, antwortete Max, und fügte hinzu: »Hast du von dem Erdbeben heute früh gehört?«

»Klar, im Radio kommt dauernd was dazu. Es sollen ein paar Häuser und Fabrikanlagen beschädigt worden sein. Umgestürzte Bäume, das übliche eben. Und irgendwo soll ein Zug mit einem Pferd kollidiert sein. Mehr weiß ich allerdings auch nicht.«

»Ah, okay«, sagte Max.

»Und bei dir alles klar?«, fragte Jens.

»Das erzähl ich dir, wenn du hier bist.«

»Na, du machst es aber spannend!«

»Komm einfach her, okay?«

»Ich versuch's!« Sie beendeten das Gespräch.

Max sah wieder raus aufs Meer, wo sich am Horizont ein Tanker kaum merklich übers Wasser schob. Und sofort musste er wieder an die Unbekannte vom Strand denken.

Er schaltete das Radio aus und griff nach den Zigaretten, warf sich die Jacke über und verließ die Pension. Er hatte Lust auf gebackenen Fisch.

DREI

Max blinzelte in die hinter den Dächern untergehende Sonne und ließ die Eiswürfel in seinem Colaglas rotieren. Der Himmel färbte sich von Westen her rot.

Langsam begann sich das »Café Neuf« zu füllen. Nach den vielen Malen, die er mit Jens in all den Jahren hierher gekommen war, fühlte er sich an diesem Ort fast schon heimisch.

Er hatte die Flucht ergriffen und gehofft, vierhundert Kilometer von zuhause entfernt, Abstand zu allem zu bekommen, was dort passiert war. Trotzdem musste er an Karen denken, obwohl sie ihn und sein Leben verlassen hatte wie ein sinkendes Schiff. Dabei hatte sie nie zu den Frauen gehört, die einfach verschwanden, wenn eine Situation unübersichtlich wurde. Offenbar hatte sie, die immer die Unabhängigere von ihnen beiden gewesen war, nicht mehr an eine gemeinsame Zukunft geglaubt. Nun, knapp drei Wochen nach ihrer Trennung, war er plötzlich in der Lage, das in aller Klarheit zu sehen. Doch dass ihr in einer solchen Situation nichts Besseres eingefallen war, als auf der Stelle zu einem anderen zu laufen, das nahm er ihr wirklich übel. Trotzdem hatte er plötzlich wieder Sehnsucht nach ihr. Und dann war da immer noch der Brief des Dekanats in seiner Jackentasche.

Max lief hinüber zur Bar, an der drei jüngere Frauen saßen, lachten und sich laut unterhielten. Ein paar Mal fing er verstohlene Blicke der ganz außen sitzenden Blondine auf. Doch als er sich endlich dazu durchgerungen hatte, sie anzusprechen, erhob sie sich von ihrem Sitz, verabschiedete sich von den anderen beiden und verschwand, ohne ihn noch einmal anzusehen.

Eine halbe Stunde später verließ er ebenfalls das Café. Er wollte noch einmal hinunter zum Strand, dorthin zurück, wo er am Tag zuvor die Unbekannte getroffen hatte.

Er trat hinaus in die überraschend laue Nacht, und nachdem er keine hundert Meter gelaufen war, sah er sie hinter dem erleuchteten Fenster einer kleinen Pizzeria. Sie saß alleine am Tisch. Neben dem leeren Teller und einem halbvollen Rotweinglas lag eine aufgeschlagene Zeitung, in der sie versunken las.

Max trat näher heran und beobachtete sie aus dem Schutz der Dunkelheit heraus. Wie sie so da saß, vertieft in ihre Lektüre, erinnerte sie ihn an sich selbst, wie er noch vor kurzem im Lesesaal der Uni in irgendeiner stillen Ecke gesessen und in kunstgeschichtlichen Abhandlungen oder in der in Basel erscheinenden »Zeitschrift für Kunstgeschichte« gelesen hatte, strebsam und wie ferngesteuert, den am Ende aller Mühsal wartenden Abschluss vor Augen.

Dabei hatte er schon nach den ersten Semestern mit dem Gedanken gespielt, zu wechseln, zu den Biologen zum Beispiel. Oder zu den Sportlern. Alles besser als die Malerei des 18. Jahrhunderts. Denn was, zum Teufel, gingen ihn William Hogarth, Thomas Gainsborough oder Sir Joshua Reynolds an?

Nur einmal hatte Max in all der Zeit, die er an der Universität zubrachte, wirklich Feuer gefangen, nämlich als er auf Marinemalerei stieß und in dem Zusammenhang eine gewisse Sandra seinen Weg kreuzte. Denn die Vorstellung, dass Leute wie Turner oder Caspar David Friedrich tatsächlich stunden-, und manchmal vielleicht sogar tagelang an irgendwelchen bewölkten Stränden saßen, um mit Blick aufs tosende Meer ihre zeitlosen Meisterwerke zu schaffen, hatte es ihm angetan und ihn eine Zeitlang ungut beflügelt. Und so glaubte er, wenn er sich, was er früher ein paar Mal gemacht hatte, mit Block und Bleistift in die Rheinauen setzte und irgendwelche Flussimpressionen mehr schlecht als recht aufs von der Sonne beschienene weiße Papier warf, fühlen zu können, was Könner wie der Russe Iwan Aiwasowski oder der Franzose Théodore Gudin seinerzeit gefühlt haben mochten, wenn sie bedeutende Ereignisse der maritimen Geschichte ihres Landes auf die Leinwand bannten. Dass seine mit Verve gefertigten Bleistiftzeichnungen allerdings nur wenig Zustimmung fanden und selbst eine wie Sandra nicht dazu animieren konnten, ihn einen Künstler zu nennen, missfiel Max zwar; in seinem Drang aber, noch eine Zeitlang weiter in die Rheinauen zu gehen, um sich als neuzeitlicher Marinemaler zu versuchen, konnte selbst sie ihn nicht stoppen.

Seine Mutter hatte glänzende Augen bekommen, als er ihr offenbarte, er werde Kunstgeschichte studieren. Sie hatte ihn wohl insgeheim schon als Leiter des Frankfurter Städel oder des Kunsthistorischen Museums Bern gesehen. Dabei hatte er, wenn er zurückdachte, meist nur widerwillig zugestimmt, wenn sie, die ganz vernarrt war in die Maler des Expressionismus, ihn ins Kölner Museum Ludwig oder in die Schirn in Frankfurt schleppte.

Das einzige, womit er tatsächlich dauerhaft etwas

anfangen konnte, waren die Pop-Art Künstler der Sechzigerjahre, Leute wie Robert Rauschenberg, Jasper Johns oder Claes Oldenburg, die Leben in die Bude brachten mit ihren großformatigen, provokativen Plastiken und zum Teil aberwitzigen, aus bemaltem Zeitungspapier, alten Blechdosen und Fetzen des U.S.-Sternenbanners gefertigten Patchworks. Und als es schließlich dem Ende des Studiums zuging, kam Max sich bereits wie eine von Segals berühmten Gips-Figuren vor: erstarrt unter dem Mantel aus Kalziumsulfat, der sich in sechs quälend langen Studienjahren über ihn gelegt hatte.

Nein, die Kunst mit ihrer zweifellos wechselvollen Geschichte konnte ihm gestohlen bleiben. Denn in Wahrheit ging sein Entschluss, sich für Kunstgeschichte einzuschreiben, nicht etwa auf ein frühkindliches Interesse an Meistern wie van Gogh oder Cezanne zurück, sondern war von Lena indirekt ausgelöst worden, deren vollen, roten Lippen er selbst zu den Mediävisten und sogar den Ägyptologen gefolgt wäre, wenn sie ihn nur darum gebeten hätte. Denn nachdem er ihr das erste Mal bei der örtlichen Studienberatung begegnet war und sie einander wenig später überraschend schnell näher gekommen waren, war die Wahl seines Studienfachs entschieden. Er würde dorthin gehen, wo Lena hin ging, und da sie eine begeisterte Museumsgängerin war, war es, ganz zur Freude seiner Mutter, die ihn fortan in zähe Diskussionen über Beckmann oder Gauguin verstrickte, Kunstgeschichte geworden. Dass besagte Lena ihm allerdings bald den Laufpass gab, war eine ganz andere Geschichte. So war er am Ende trotzdem bei der Kunstgeschichte hängen geblieben, während sie bereits einem anderen ihre kirschroten Lippen darbot.

Max trat näher an das erleuchtete Fenster heran. Da hob die Unbekannte den Kopf über der Zeitung, wandte sich ihm zu, und blickte, kurz irritiert, nach draußen. Und dann tat sie etwas, das Max noch viel später immer wieder in Gedanken vor sich sah: Sie vollführte ganz langsam eine halbe Drehung ihres Oberkörpers in seine Richtung und stützte dabei den rechten Ellbogen auf die Tischplatte, legte lächelnd den Kopf leicht schräg, sodass ihr dichtes dunkles Haar den Tisch berührte, und bedeutete ihm mit der Hand, herein zu kommen.

Max nahm ihr gegenüber Platz. Sie sah ihn freundlich an, streckte ihm ihre rechte Hand hin und sagte: »Mia Brouwers!«

Max ergriff ihre Hand und hielt sie einen Moment länger als nötig gewesen wäre: »Max Wahlberg!«

Und dann erzählte sie ihm, dass sie und ihr Bruder Henk vor ein paar Tagen ganz in der Nähe einen Unfall gehabt hätten und er in Zandvoort im Krankenhaus liege. Deshalb sei sie hier. Sie hätte holländische Wurzeln, lebe aber eigentlich seit Jahren in Berlin. Es sei auf dem Weg zu ihren Eltern passiert, die in Zeeland lebten, und zu ihrer eigenen Verwunderung sei sie, bis auf ein paar unbedeutende Schrammen am Bein, vollkommen unverletzt geblieben. Sie habe eben Glück gehabt. Wie schon so oft in ihrem Leben. Sie sei eben ein Glückskind. Ihren Bruder dagegen habe es schwer erwischt. Und dabei meine sie nicht die schwere Kopfwunde, sondern den komplizierten

Bruch seiner rechten Schulter. Henk sei mit zu hoher Geschwindigkeit gefahren und habe plötzlich die Kontrolle über den Wagen verloren.

»Und wie geht es ihm jetzt?«, wollte Max wissen.

»Die Ärzte sagen, er kommt wieder in Ordnung. Doch das sei ein langwieriger Prozess«, antwortete sie. Er müsse noch ein paar Tage hier im Krankenhaus bleiben, bevor man ihn nach Berlin verlegen könne.

Max bestellte ein Bier. Mia Brouwers griff nach ihrem halbvollen Weinglas, nippte daran und sagte: »Und was machen Sie hier?«

Max überlegte lange, bevor er antwortete. Schließlich sagte er: »Wunden lecken!«

»Das müssen Sie mir genauer erzählen«, sagte sie, und nippte wieder an ihrem Glas. Und nachdem Max ihr von dem Brief in seiner Jackentasche, von Karen und von Jens' bevorstehendem Besuch erzählt hatte, hatte sich das kleine Restaurant bis auf sie beide geleert.

VIER

Sie liefen durch die von den Boutiquen und Bars illuminierte Nacht, überquerten den kleinen runden Platz vor dem dunklen Postamt, auf dem Max bei früheren Aufenthalten so oft auf einer Bank in der Sonne gesessen und Zeitung gelesen hatte. Anschließend steuerten sie auf das hinunter zum Meer führende Sträßchen zu, wo es rechterhand den Automatenladen gab, in dem man Sandwiches, Süßigkeiten und verschlossene Getränke rund um die Uhr aus beleuchteten Schließfächern ziehen konnte. Irgendwann blieb sie stehen, sah ihn an und fragte, ob er Lust habe, am nächsten Tag einen kleinen Ausflug mit ihr zu machen, nachdem sie bei ihrem Bruder im Krankenhaus gewesen sei. Ohne zu überlegen sagte er: »Sehr gerne!« Denn am liebsten wäre er auf der Stelle mit ihr sonst wohin gefahren, nur um weiter mit ihr zusammen sein zu können.

Bei Lena hatte er den Fehler begangen, ihr allzu schnell seine Gefühle zu offenbaren. Das durfte ihm mit Mia Brouwers nicht noch einmal passieren. *Dabei habe ich ihr ja bereits mein halbes Seelenleben anvertraut,* dachte er erstaunt.

Im Laufe ihrer Unterhaltung hatte er erfahren, dass sie keine zweihundert Meter voneinander entfernt untergebracht waren. Als sie vor seiner Pension ankamen, hätte er sie am liebsten umarmt und gebeten mitzukommen. Doch nach einer kurzen Verabschiedung verschwand sie in der Nacht.

In seinem Zimmer spürte Max plötzlich ein heftiges Brennen ganz hinten im Rachen, dazu ein leise anschwellendes Stechen in den Schläfen. Offenbar war eine Erkältung im Anzug.

Er streifte seine Hosen ab und nahm, weil er fror, einen Pullover aus der Reisetasche und zog ihn sich über. Dann legte er sich ins Bett und löschte das Licht. Zum spaltweit geöffneten Fenster drangen die Geräusche der Nacht herein. Kurz bevor er einschlief, sah er wieder den Widerschein der Bordlampen der hinaus aufs Meer fahrenden Fischkutter an der Zimmerdecke.

Am nächsten Morgen wurde er durch ein leises Klopfen an der Tür geweckt. Er hatte wegen der Erkältung unruhig geschlafen, und seine Nase war verstopft. Doch bevor er sich erheben und »ja, bitte?« rufen konnte, sah er, wie die Tür aufging und zwischen dem nicht sehr großen Spalt jemand hereinschlüpfte.

In der Nacht war er mehrere Male wach geworden und hatte, weil er trotz des Pullovers und der zusätzlichen Wolldecke, die er im Schrank gefunden und sich übergeworfen hatte, fror, irgendwann das Fenster geschlossen und die kleinen blauweiß karierten Vorhänge zugezogen. Nun herrschte im Zimmer ein diffuses Halbdunkel. Erst als sie sich bis auf ihr T-Shirt und den Slip auszog und zu ihm unter die Decke kroch, sah er, dass sie es war. Mia Brouwers.

»Du?«, murmelte er mit belegter Stimme. Doch da schmiegte sie sich auch schon sanft an seinen vom leichten Fieber erhitzten Körper, legte ihm ihren Zeigefinger an die Lippen und hauchte: »Schtt, schlaf weiter, es ist noch früh!« Anschließend zog sie die Decke ein Stück über sich, drehte sich zur Seite und schlief ein.

Als sie später wach nebeneinander lagen und das Tageslicht zwischen den dünnen Vorhängen zu ihnen herein floss, sah Mia Brouwers ihn, der schwer atmete, einmal lächelnd an und sagte: »Ich glaube, jetzt habe ich zwei Kranke!«

Dann schlüpfte sie in ihre Kleider und lief nach unten, von wo sie kurz darauf mit einer Tasse Pfefferminztee zurückkehrte. Anschließend setzte sie sich neben ihm aufs Bett und sah ihm ruhig dabei zu, wie er in kleinen Schlukken den heißen Tee trank.

Später verschwand sie für mehr als zwei Stunden, doch als er aus einem neuerlichen Schlaf gegen Mittag wieder erwachte, saß sie so, als wäre sie nie weg gewesen, in unveränderter Haltung an seinem Bett und blickte ihn freundlich an. Offenbar war sie für ihn zu einer Apotheke gelaufen, denn auf dem Tisch lagen nun gut sichtbar eine Packung Nasenspray und eine Schachtel mit Grippetabletten.

Seine Mutter hatte früher manchmal an seinem Bett gewacht, wenn er krank war und Fieber hatte oder, als er elf war, von einem Wagen angefahren worden war. Da hatte er sie einmal morgens neben dem Bett schlafend gefunden und sich nicht satt sehen können an ihrem Anblick, so schutzlos, wie sie dagelegen hatte, wie ein großes Mädchen, das während eines Unwetters am Fuße eines Baumes lag, die Hände unter den Kopf gebettet wie ein Kissen, im Traum gefangen. Und wenn es nicht seine Mutter gewesen wäre, hätte er sie wohl auch berührt und gestreichelt wie ein ihm zugelaufenes Kätzchen. Stattdessen hatte er sich im Schlafanzug im Schneidersitz vor sie hingesetzt und sie so lange stumm angesehen, bis sie irgendwann erwachte, ihn einen Moment ungläubig ansah und lächelte.

Als er Mia Brouwers fragte, weshalb sie ihn am Morgen besucht und sich zu ihm gelegt hatte, antwortete sie: »Weil ich Lust dazu hatte.«

Max hatte sich auf ihren Ausflug gefreut, doch in seinem Zustand, mit verstopfter Nase und leichtem Fieber, war daran nicht zu denken. Nachdem Mia Brouwers ihn mit dem Versprechen verlassen hatte, am Nachmittag wieder zu kommen, hatte er noch einmal eine Grippetablette genommen und versucht zu schlafen. Darüber, wohin sie ging oder was sie bis zum Nachmittag tat, verlor sie kein Wort. Wahrscheinlich würde sie wieder ihren Bruder im Krankenhaus besuchen, genau wie schon am Morgen. Bevor sie aber ging und sich mit einem Kuss auf seine glühende Stirn von ihm verabschiedete, hatte sie ihm noch etwas zu essen und zu trinken gebracht: Bananen, Fruchtsaft und ein Sandwich. Lustlos hatte er in eine Banane gebissen und sie gleich wieder weggelegt. Den Fruchtsaft dagegen hatte er bereits fast zur Hälfte getrunken.

In seinen vom Fieber erhitzten Schläfen pochte es, und seine Gedanken kreisten um die immergleichen Fragen: Was war das, was mit ihnen beiden geschah? Und wie sollte er ihr Verhalten deuten? Allem voran ihren überraschenden Besuch am Morgen?

Er hätte seine Überlegungen wohl noch eine ganze Zeitlang weitergetrieben, hätte nicht das auf dem Fensterbrett liegende Handy geklingelt. Eine Hamburger Nummer. Jens. An ihn hatte er überhaupt nicht mehr gedacht. Er presste das Handy ans Ohr und ließ sich in sein Kissen zurück sinken.

»Entschuldige, dass ich mich jetzt erst melde«, begann der Andere, »aber in der Agentur war plötzlich die Hölle los! Also, ich nehme den Flieger um zehn, und bin, wenn alles glatt geht, Freitag gegen zwei in Zandvoort!«

Max lauschte seinen Worten mit gemischten Gefühlen. Denn hatte er sich am Vortag noch auf sein Kommen gefreut, so wusste er nicht mehr, was Jens, nach allem, was inzwischen passiert war, noch hier sollte. Und so hätte er eigentlich sagen sollen: *Das ist nett von dir, Jens! Aber, lass mal gut sein! Mia und ich kommen bestens ohne dich klar!* Stattdessen sagte er widerstrebend: »Ganz toll! Wirklich.« Und nachdem er ihm den Namen der Pension genannt hatte, legten sie auf, und Max dachte: Ich Idiot!

FÜNF

Bis zur Ankunft von Jens blieben Max noch anderthalb Tage. Verdrossen griff er nach der angefangenen Banane und biss hinein. Dabei fiel ihm der Brief in seiner Jackentasche wieder ein.

Die Einzige, die ihm bei dieser Sache wirklich leid tat, war seine Mutter, die sicher schon überall in der Nachbarschaft und in ihrem Freundeskreis herumerzählt hatte, ihr Sohn werde sich in Kürze *Master of Arts* nennen dürfen.

Max wollte sich gar nicht ausmalen, wie sie reagierte, sobald sie von seinem Betrug und der damit verbundenen Relegation erfuhr. *Wie konntest du mir so was antun? Du hast mich nicht nur vor anderen unmöglich, sondern obendrein auch noch zur Mutter eines Fälschers und Betrügers gemacht!*, hörte er sie im Geiste sagen.

Viel lieber wollte er wieder an Mia Brouwers denken, in deren Gegenwart selbst der Betrug gegenüber einer akademischen Prüfungskommission zu etwas wunderbar Nebensächlichem wurde. Doch was wusste er eigentlich von ihr? Gerade mal ihren Namen, und dass ihr Bruder im Krankenhaus lag und ihre Eltern in Zeeland lebten. Doch von Lena, Alice, Sandra oder Claudia hatte er ja anfangs auch nichts gewusst.

Max zog den Kriminalroman, den er noch kurz vor seiner Abreise vom Nachttisch gegriffen hatte, aus der Reisetasche und schlug ihn an der Stelle auf, an der ein Stück Zeitungspapier als Lesezeichen herausschaute, und begann zu lesen. Doch schon nach ein paar Seiten überfiel ihn eine plötzliche Unruhe, und er klappte das Buch wieder zu. Er sah auf die Uhr. Hatte Mia Brouwers nicht versprochen, am Nachmittag wieder zu kommen?

Max stand auf, steckte sich eine Zigarette an und nahm einen Zug, drückte sie aber sofort angewidert wieder aus, nahm zwei weitere Grippetabletten und legte sich wieder ins Bett.

Er fühlte sich plötzlich wie der Achtjährige, der er einmal gewesen war und der im Krankenhaus lag nach einer Blinddarmoperation und auf seine Mutter wartete.

Sie hatten ihm damals eine Maske aufs Gesicht gedrückt, Betäubungsmittel darauf geträufelt und ihm gesagt, er solle von zehn rückwärts zählen. Als er bei vier angekommen war, verlor er bereits das Bewusstsein. Nachdem er die Nacht durchgeschlafen hatte und erst am späten Vormittag erwacht war, hatte er sehnlichst den Besuch seiner Mutter erwartet. Doch es hatte lange Stunden bis zum Nachmittag gedauert, ehe sie endlich ihren Fuß in sein Zimmer setzte. Und genau so erging es ihm jetzt wieder: er litt, wenn man ihn auch nicht wie damals aufgeschnitten und wieder zugenäht hatte, und wartete. Wartete, dass Mia Brouwers endlich kam und ihn aus seinem dumpfen Brüten erlöste. Nach einer weiteren Stunde, die er mit schmerzendem Hals und verstopfter Nase im Bett zugebracht hatte, zog er sich kurz entschlossen an und warf sich seine Lederjacke über, hinterließ an der Rezeption eine Nachricht für Mia Brouwers und lief hinunter an den Strand.

Das Meer präsentierte sich aufgewühlt und unruhig. Krachend brachen sich die Wellen am Strand, wo sie in zerfasernden, hell ausufernden Schaumteppichen ausliefen. Bei deren Anblick musste Max an Emil Noldes 1930 auf Sylt entstandenes Gemälde »Meer C« denken, mit welchem er sich zu Beginn des Studiums intensiver beschäftigt hatte.

Das Meer und seine Darstellung in der Malerei des 19. und 20. Jahrhunderts hatten ihn eine Zeitlang interessiert, denn in der so genannten und von ihm favorisierten »Marinemalerei« wurde zum Beispiel in Arbeiten wie in Théodore Géricaults berühmtem Gemälde »Das Floß der Medusa« die ganze Bandbreite menschlichen Fühlens dargestellt: Demut und Hoffnung, Glauben und Solidarität, Entsetzen und Verzweiflung. Das Gemälde war ihm beim Durchblättern eines Katalogs aufgefallen und hatte spontan seine Neugier geweckt: Eine kleine, in überraschend warmen Brauntönen gehaltene und vom dramatischen Blaugrau des Firmaments und des Meeres konterkarierte Schicksalsgemeinschaft, die unterm windgeblähten Segel des führungslos in den Fluten schlingernden Floßes ihrem Untergang entgegen treibt.

Gemeinsam mit besagter Sandra, die sich zu seiner Freude ebenfalls für Géricault erwärmt hatte, hatte er ein Referat über den Franzosen und dessen berühmtes »Floß der Medusa« angeboten und schließlich auch erarbeitet.

Sie hatten Géricaults Entwicklung vom Romantiker zum beinahe magischen Realisten zu belegen versucht, wobei Max aber schon bald ein deutlich stärkeres Interesse an Sandras körperlichen Vorzügen entwickelte als an ihren eher belanglosen Gedanken zur Arbeit des 1824 in Paris nach einem Reitunfall verstorbenen Franzosen.

Um aber nicht vorschnell seine wahren Absichten zu offenbaren und sie dadurch in die Flucht zu schlagen, hatte Max ihre Ausführungen zu Géricault anfangs ständig mit zustimmendem Nicken quittiert. Bis er sie nach dem zweiten Treffen, das sie in eine nahe Eisdiele geführt hatte, überreden konnte, ihn noch in seine Wohnung zu begleiten, wo er ihr weiterführendes Material zu Géricault und der Marinemalerei insgesamt zeigen wollte. Und dort hatte er ihr schließlich, nachdem er eine Zeitlang wichtigtuerisch in irgendwelchen kunstgeschichtlichen Werken vor- und zurückgeblättert und sie gleichzeitig mit mehreren Gläsern Rosé in die entsprechende Stimmung versetzt hatte, unverblümt seine wahren Absichten preisgegeben. Selbstbewusst hatte er erklärt, dass er gerne mit ihr schlafen würde. Daraufhin war ein paar Sekunden lang gar nichts geschehen, und Max hatte Sandras Blick spontan als eine Art inneres Ausholen gedeutet, um ihm jeden Moment eine Ohrfeige zu verpassen. Doch zu seinem Erstaunen tat sie nichts dergleichen, sondern begann vielmehr, langsam und träge die obersten Knöpfe ihrer weißen, über den vollen Brüsten spannenden Bluse zu öffnen. Kurz darauf saß sie nur noch mit BH und Slip bekleidet vor ihm, faltete im Schoß wie zum Gebet die Hände, lächelte ihn erwartungsvoll an und sagte: »Na, dann zeig mal, was du kannst!«

Max hatte zunächst geglaubt, nicht richtig gehört zu haben. Doch als sie ihn weiter reglos ansah und schließlich fragte: »Na, was ist denn nun?«, da musste er mit Schrekken registrieren, wie all das, was sich in sich steigernder Erregung in und an ihm aufgebaut hatte, jäh in sich zusammenfiel.

Dass sie trotz dieses zweifellos verunglückten Einstiegs in ihre anschließend etwas mehr als sieben Monate währende körperliche Beziehung dann doch noch erfolgreich zueinander gefunden hatten, war alleine Sandras ungeheurer Flexibilität zu verdanken. Denn als ihr klar geworden war, was sie mit ihrem Verhalten bei ihm angerichtet hatte, gab sie ihm zärtlich einen Kuss und öffnete kurzerhand selbst den Gürtel seiner Hose.

Anschließend hatten sie sich über Monate hinweg regelmäßig getroffen, um miteinander zu schlafen, und Max störte sich zunächst nicht daran, dass Sandra jeden seiner ernst gemeinten Versuche, Tiefe und eine gewisse Abwechslung in ihre Beziehung zu bringen, sanft aber unmissverständlich unterband. Bis sie schließlich seinen wiederholt geäußerten Wunsch, auch jenseits ihres oder seines Bettes Zeit miteinander zu verbringen, mit Aussprüchen wie *Wenn ich reden will, lieber Max, suche ich mir einen Psychologen!*, oder *Wenn du einen Freund brauchst, kauf dir einen Hund!*, quittierte, und ihn damit dazu brachte, eines Tages schweren Herzens einen Schlussstrich unter das Kapitel Sandra zu ziehen. Kurzerhand ließ er einen ihrer Mittwochstermine platzen. Wohl war ihm nicht dabei, denn die Vorstellung, dass fortan ein anderer in Sandras Armen liegen sollte, behagte ihm überhaupt nicht. Trotzdem blieb er hart, als eine halbe Stunde nach Verstreichen ihres Termins sein Handy aufgeregt fiepte. Standhaft drückte er ihre auf dem Display angezeigte Nummer weg. Und auch auf ihre in den folgenden Tagen mehrfach unternommenen Versuche, ihn zu erreichen, reagierte er nicht. Bis die Frequenz ihrer Anrufe bald deutlich sank, und Max die Zeit mit Sandra bereits wie etwas erschien, das nicht von dieser Welt gewesen war.

Max war bereits länger als eine halbe Stunde am Strand unterwegs, als er im Augenwinkel zunächst nicht mehr als einen Schatten registrierte, der herannahte, größer wurde und sich schließlich auf gleicher Höhe mit ihm als pechschwarzer Hund von der Größe und Statur eines Schäferhundes erwies. Ein Geschöpf mit eisblauen, aus dem struppigen, völlig verdreckten Fell heraus stechenden Augen und einer fleischigen, zwischen grauweißen und an rostige Messerklingen erinnernden Zähnen heraus hängenden Zunge. Eine wolfsähnliche Kreatur, groß und Furcht einflößend.

Am Abend seiner Ankunft war Max dem Hund das erste Mal begegnet. Er gehörte zu dem Rudel, das auf der Suche nach Nahrung durch die Straßen und Hinterhöfe der Stadt gezogen war.

Zunächst versuchte Max, den Hund zu ignorieren, und sich nicht durch sein entschlossenes Näherkommen einschüchtern zu lassen. Doch als das Tier einen kurzen Spurt einlegte, an ihm vorbei schoss und nach wenigen Metern jäh herumfuhr, und ihn mit aufgerissenem Maul ansah, da spürte Max, wie die Angst in ihm aufstieg.

Eingeschüchtert blieb er stehen und blickte sich nach beiden Seiten um. Doch bis auf ein paar diffus in der Ferne erkennbare Kinder, die Steine ins Meer zu schleudern schienen, war der Strand menschenleer.

Irgendwo hatte er einmal gelesen, dass man in einer solchen Situation den Blick des Hundes suchen und ihn mutig fixieren solle, um ihm auf diese Weise den Schneid abzukaufen. Doch schon kam der Hund knurrend und mit drohend hochgezogenen Lefzen langsam näher.

Unsicher begann Max rückwärts zu laufen, und einen Moment spielte er mit dem Gedanken, sich umzudrehen und einfach los zu rennen. Doch der entschlossene Blick des Hundes nahm ihm jeden Mut.

Inzwischen hatte sich das Tier ihm bis auf wenige Meter genähert, knurrend und offenbar bereit, jeden Moment anzugreifen.

Max, der immer noch rückwärts lief, blickte sich nach einem größeren Stein oder einem vielleicht angeschwemmten Ast um, den er packen und dem Hund entgegen halten oder mit dem er dessen Angriff parieren konnte. Doch bis auf die dunklen Teppiche aus angeschwemmtem und in der Sonne getrocknetem Tang schien der Sand nur da und dort von Muschelschalen durchsetzt.

Max ließ den Hund, der mit gefletschten Zähnen immer näher kam, nicht aus den Augen, als er im Rückwärtslaufen in eine Bodenvertiefung trat, umknickte, das Gleichgewicht verlor und der Länge nach auf den nassen Sand fiel. Da setzte der Hund zum Sprung an und stieß ihn mit beiden Vorderpfoten, die er gegen seine Brust schlug, zu Boden, sodass sein Kopf nach hinten kippte und hart aufschlug.

Sein Herz hämmerte, und einige Sekunden lang traf sich sein Blick mit dem des Hundes. Da war ihm, als sei er wieder der achtjährige Junge von früher, der zusammengekrümmt unter der blitzenden Stoßstange des Wagens lag, der ihn beim gedankenlosen Überqueren der Straße erfasst und ruckartig zu Boden geworfen hatte.

Damals hatte Max gedacht, sterben zu müssen, und verwundert aufgeblickt, als sich vor den stahlblauen Himmel, an dem eine blendende Sonne stand, die schwarze Silhouette des Fahrers schob, der sich über ihn beugte und mit zitternder Stimme fragte, ob er verletzt sei.

Nun war es nur noch eine Frage von Sekunden, bis der Hund ihm seine Zähne in die Kehle schlug. Doch wie aus dem Nichts stürmte plötzlich eine riesige Dogge heran, die ihn ablenkte und in eine Rangelei verstrickte, so dass Max sich aufrappeln und die Flucht ergreifen konnte. Über die seitlich in den Damm eingefügten Treppenstufen lief er mit pochenden Schläfen in Richtung Pension davon.

Max stieg die Treppe zu seinem Zimmer hinauf. Der Schreck saß ihm noch immer in den Gliedern. Er hatte die Tür nicht abgeschlossen, damit Mia Brouwers hinein konnte, ohne den Vermieter um den Schlüssel bitten zu müssen. Und als er sie aufstieß, lag sie tatsächlich in seinem Bett und schlief. Die kleinen Vorhänge hatte sie zugezogen, sodass im Zimmer wieder dieses gedämpfte Licht wie am Morgen herrschte. Ihre Kleider hatte sie auf den Stuhl geworfen.

Max versuchte sich vorzustellen, wie die Sache mit dem schwarzen Hund ausgegangen wäre, wenn die Dogge nicht aufgetaucht wäre. Vor allem der Blick des Tieres ließ ihn nicht los. Das Entschlossene darin.

Trotz heftiger Kopfschmerzen kroch er zu Mia Brouwers unter die Bettdecke. Im Schlaf erschien sie noch schöner, noch begehrenswerter. Von ihrem warmen nackten Körper ging eine große Ruhe aus, die augenblicklich auf ihn überzugehen schien. Der Frieden eines schlafenden Babys, wehrlos und vertrauensselig.

Minutenlang ließ er seinen Blick auf ihrem Gesicht und ihrer Wange ruhen, auf der sich, zum Ohrläppchen hin, feine dunkle Härchen kräuselten. Als er trotz seiner leichten Benommenheit begann, ihren Bauch und ihre Brüste zu streicheln, und sie sanft auf das rechte Schlüsselbein küsste, schlug sie schläfrig die Augen auf, blinzelte und sagte: »Na, endlich!«

Als es zu dämmern begann und sie im Halbdunkel lagen, erzählte Max Mia Brouwers von dem Zwischenfall mit dem Hund. Und von seiner ersten Begegnung mit ihm Tage zuvor. Noch immer verspürte er den Aufprall seines Körpers auf dem Sand als fernes Echo in seinen Knochen. Seine Erkältung aber schien abgeklungen.

»Er muss deine Angst gespürt haben«, sagte sie mit Blick an die Zimmerdecke.

»Kann sein«, antwortete Max, und stieß den Rauch seiner Zigarette aus. »Dabei habe ich eigentlich noch nie Angst vor Hunden gehabt. Nicht mal als Kind. Doch diesmal war es, als hätte er mich ganz bewusst ausgesucht. Als wollte er mir mit seinem Angriff etwas sagen.«

»Du meinst eine Botschaft? Oder eine Warnung?«, sagte Mia Brouwers. »Aber vor wem oder was?«

»Keine Ahnung«, erwiderte Max nachdenklich und nahm wieder einen Zug an der Zigarette. »Aber ich spüre, dass diese Begegnung kein Zufall war.«

SECHS

Nachdem sie sich angezogen hatten und Mia Brouwers die Schwellung an seinem Hinterkopf eine Weile mit einem feuchten Handtuch gekühlt hatte, liefen sie in der Dunkelheit hinein in die Stadt, vorbei an erleuchteten Bars und Bistros, auf der Suche nach einem Restaurant. Sie setzten sich in die Pizzeria, in der Max Mia Brouwers zwei Abende zuvor entdeckt hatte, und bestellten Rotwein.

Max hatte so viele Fragen, die er ihr stellen wollte. Doch als sie einander gegenüber saßen und die von der Decke herabhängende Tischlampe ihr kreisrundes Licht über ihre Teller ergoss, war dafür kein Raum mehr.

Am nächsten Tag würde Jens ankommen und, neugierig und unsensibel wie er war, ihre Zweisamkeit stören. Als Max Mia Brouwers von dessen bevorstehenden Ankunft erzählte, sah sie ihn so ruhig an, wie es ihre Art war, und sagte: »Er wird uns nicht stören!«

Auch Sandra hatte ihn damals mit ihrer Direktheit überrascht und mehr als einmal sprachlos gemacht. Sandra hatte sich genommen, wonach ihr der Sinn stand. Das hatte ihn zuerst erstaunt und schließlich gereizt, am Ende aber bloß noch genervt. Denn was er anfangs für Lässigkeit gehalten hatte, war in Wahrheit nichts anderes als ein Mangel an Sensibilität.

Während sie aßen, begann Mia Brouwers wieder von ihrem Bruder zu erzählen. Henk hatte Pilot werden wollen, war aber wegen einer Sehschwäche nicht zu den Lehrgängen zugelassen worden. Monatelang habe er deswegen gelitten und alle anderen verflucht, die im Gegensatz zu ihm die Zulassung erhielten. Henk, den Max sich als draufgängerischen Typen vorstellte, habe seinen Traum schließlich begraben und sei widerwillig in das Geschäft seines Vaters, der eine größere Speditionsfirma betreibe, mit eingestiegen. Nebenher habe er begonnen, Autorennen zu fahren. Henk habe von jeher das Risiko gesucht. Und vielleicht sei es deswegen zu dem Unfall gekommen, weil er wieder eine Grenze gesucht habe, die nicht ohne Schmerzen zu übertreten sei. Dafür habe er sogar ihren Tod in Kauf genommen. Trotzdem könne sie ihm nicht böse sein. So sei er eben. Ein großes Kind, das unfähig ist, etwas anderes zu sehen als seine eigenen Bedürfnisse.

Als Henk am Morgen nach dem Unfall im Krankenhausbett erwacht sei, mit verbundenem Kopf und bandagiertem Oberkörper, habe er verbissen gelächelt und gesagt: »Das Spiel geht weiter, Mia!«

Nachdem sie gegessen hatten und durch Zandvoorts nächtlich illuminierte Straßen liefen, ertappte Max sich dabei, hinter jeder Ecke eine neue Attacke des schwarzen Hundes zu erwarten.

Als sie dann wieder in der Dunkelheit seines Zimmers lagen, und die Reflexe der Positionslichter der Kutter wieder ihren allnächtlichen Tanz an der Decke begannen, ergriff sie irgendwann seine Hand und sagte zu seiner Verwunderung: »Max, versuche nicht, mehr über mich zu wissen, als nötig ist, okay?«

An Karen dachte Max kaum noch, als hätten die Stunden mit Mia Brouwers die Erinnerungen an sie bereits zu löschen begonnen.

Kurz vor seiner Abreise nach Holland hatte er noch einmal versucht, Karen telefonisch zu erreichen. Als aber nur das Band ihres Anrufbeantworters lief, hatte er nicht den Mut besessen, drauf zu sprechen, und wortlos aufgelegt. Ihre Stimme zu hören, hatte ihn plötzlich sprachlos gemacht.

Als sie anrief und sagte, es sei aus zwischen ihnen, denn sie sei bereits mit einem anderen zusammen, hatte Max sich seine Jacke übergeworfen und war in seine Stammkneipe gegangen, wo er sich so lange betrank, bis der Besitzer des Lokals ihn in ein Taxi setzte. Als Max am nächsten Morgen mit stechenden Kopfschmerzen auf der Wohnzimmercouch in seinem Erbrochenen liegend erwachte, und er sich mit der verklebten Hand angewidert übers Gesicht fuhr, da hatte er begriffen, dass eine neue Zeitrechnung begonnen hatte: Die Zeit ohne Karen.

SIEBEN

Jens wirkte abgespannt, als er in der Pension ankam. Sein Gesicht war blass und seltsam farblos, als hätte er mehrere Tage ohne Schlaf unter summenden Neonröhren in einem fensterlosen Kellerraum zugebracht. Max war überrascht, wie rasch Jens seit ihrer letzten Begegnung gealtert war. Jeder seiner Bewegungen wirkte schwerfällig. Zudem meinte Max eine irritierende Kurzatmigkeit bei Jens zu registrieren. Wo war seine alte Spritzigkeit geblieben? Um die kleinen, hinter den grünlich getönten Gläsern seiner randlosen Brille verborgenen Augen hatten sich kleine Falten eingenistet, und auf seinem unrasierten, leicht vorspringenden Kinn waren erste graue Haare zu sehen. Dazu die hohe, in dünn gewordenes, schmutzigbraunes Haupthaar übergehende Stirn, die, anders als früher, nichts Souveränes mehr ausstrahlte, sondern bereits den kantigen späteren Totenschädel darunter erahnen ließ. An diesem Eindruck konnte auch die lässig in den Mundwinkel geklemmte Zigarette nichts ändern. Denn was früher cool gewirkt hatte, erweckte nun bloß noch den Eindruck einer bemühten Geste.

Gerne hätte Max so getan, als sei zwischen ihnen alles wie früher. Doch die Person, die da bekleidet mit braunen, altmodischen Cordhosen, einem cremefarbenen Lacoste-Pullover und dazu passenden dunkelbraunen, auf dem Spann von silberfarbenen Schnallen gehaltenen Lloyds breit grinsend vor ihm stand, wirkte plötzlich fremd und unsympathisch. Nicht zuletzt wegen der angeberisch vor der Brust hängenden, sündhaft teuren Leica.

»Gut siehst du aus!«, sagte Jens und klopfte ihm eine Spur zu jovial auf die Schulter, wahrscheinlich um seine Unsicherheit zu überspielen.

»Du auch«, log Max und grinste angestrengt.

»Man wird halt nicht jünger«, antwortete Jens beiläufig. »Aber komm, lass' uns lieber runter zum Strand gehen, statt dummes Zeug zu reden! Ich bring' nur schnell meine Sachen hoch.«

Am Strand breitete Jens demonstrativ beide Arme aus, legte den Kopf in den Nacken und rief, nachdem er ein paar Mal geräuschvoll tief ein- und wieder ausgeatmet hatte: »Mann, tut das gut!«

Max musste ihm von jeher bloß die passenden Stichworte liefern, und schon erging sich Jens in Monologen über sein Los als Werbetexter oder irgendwelche zumeist komplizierte Frauengeschichten. Und auch diesmal war es nicht anders: Es begann mit einer bissigen Tirade auf seine neue Chefin, gefolgt von vagen Äußerungen über eine gewisse Jennifer. Bis Jens plötzlich von sich selbst gelangweilt verstummte und er sich nur noch auf seine Kamera konzentrierte.

Schon bei ihrem letzten Zusammentreffen an gleicher Stelle war Jens kaum einen Meter gelaufen, ohne auf den Auslöser seiner halbautomatischen Leica zu drücken. Auf Außenstehende mochte sein ständiges Gerede über Brennweiten und Belichtungszeiten Eindruck machen, für Max aber war es nichts anderes als der permanente Versuch, die Aufmerksamkeit auf sich zu lenken.

»Ich hab' hier übrigens eine Frau kennengelernt«, sagte Max unvermittelt und kickte, ohne Jens anzusehen, der die Brille in die glänzende Stirn hinauf geschoben hatte, nach einem vor ihm im Sand liegenden Stein. »Wir treffen uns heute Abend mit ihr!«

»Aha«, brummte Jens, wobei er das linke Auge zukniff, die Leica vors Gesicht hob und aufs Meer richtete und mit der anderen Hand am Objektiv drehte. »Und wann hast du sie kennengelernt?«

»Kurz nach unserem Telefonat!«

»Na, da bin ich aber gespannt!«, sagte Jens.

Max spielte mit dem Gedanken, Jens von dem Zwischenfall mit dem Hund zu erzählen, ließ es aber dann sein, als der von der Erkrankung seines Vaters anfing.

»Krebs?«, sagte Max erstaunt, der Jens Vater nur von ein paar Telefonaten her kannte.

»Prostatakrebs!«, sagte Jens, »sie wollen ihn nächste Woche operieren.«

»Und was heißt das?«, fragte Max.

»Schwer zu sagen«, antwortete Jens, »meine Mutter ist jedenfalls ziemlich durch den Wind.«

»Kann ich mir vorstellen«, sagte Max. »Und wie ist das für dich?«

»Keine Ahnung«, wich Jens seiner Frage aus, »aber angeblich ist Prostatakrebs gut heilbar.« Mehr wollte er zu dem Thema nicht sagen, und für einen Moment wirkte er selber seltsam schutzlos. Doch als von links ein Surfer ins Bild kam, der sich offenbar ziemlich ungeschickt dabei anstellte, das hellblaue Segel richtig in den Wind zu stellen, hob Jens bereits wieder angriffslustig den Arm und rief: »Jetzt sieh' dir bloß mal diesen Amateur an! Steht auf dem Brett wie eine Oma! Wenn ich den so sehe, juckt's mich richtig in den Fingern!«

Als sie wieder in der Pension waren und Jens in seinem Zimmer stehend eine Flasche Genever und zwei

Plastikbecher aus seiner Reisetasche hervorzog, fingerbreit füllte und einen Max in die Hand drückte und feierlich rief: »Auf unser Wiedersehen!«, da schien es Max, als kostete ihn diese Ausgelassenheit seine allerletzten Kraftreserven.

ACHT

Während er noch die Speisekarte studierte, spürte Max Mia Brouwers Blick auf sich, und ihm war, als versuche sie ihn damit an das erinnern, was sie ihm geantwortet hatte, als er ihr von Jens' bevorstehender Ankunft erzählte. *Er wird uns nicht stören!*

Jens hatte vorgeschlagen, in einem »Pannekoekhuis« zu Abend zu essen. Und nun saßen sie sich an einem eingedeckten, mit einer rotweiß-karierten Plastikdecke bezogenen Holztisch gegenüber.

»Ist euch eigentlich schon aufgefallen, dass eure Namen denselben Anfangsbuchstaben haben und noch dazu beide aus nur drei Typen bestehen?«, sagte Jens, um das zwischen ihnen eingetretene Schweigen spaßhaft aufzuheben. »Ist ja ein toller Zufall, was?«

»Das kann man auch anders sehen«, antwortete Mia Brouwers und nippte an ihrem halbvollen Weinglas.

»So? Wie denn?«, sagte Jens und klappte geräuschvoll seine Speisekarte zu.

»Als Fügung zum Beispiel«, antwortete sie lächelnd, »oder als Wink des Schicksals!«

»Donnerwetter!«, sagte Jens, und sah Max grinsend an. Dann erhob er sein Glas, und rief hörbar ironisch, wobei er seinen Blick zwischen ihnen hin- und herspringen ließ: »Auf Mia und Max! Die das Schicksal zusammengefügt hat!«

»Ja, auf uns!«, erwiderte Mia Brouwers, und streckte Max, so als seien sie allein, freudig ihr Glas hin.

»Sie mag mich nicht!«, sagte Jens, als Mia Brouwers aufgestanden war, um auf die Toilette zu gehen.

»Unsinn!«, antwortete Max, »das bildest du dir ein.«

»Das glaube ich nicht! Alleine schon die Art, wie sie mich ansieht, spricht Bände.«

»Du kennst sie doch überhaupt nicht«, sagte Max, »Mia ist wunderbar!«

»Kann schon sein, Max«, beharrte Jens, »aber mit uns beiden wird das nichts, glaub's mir!«

»Wart's einfach ab, okay?«, sagte Max und schlug seine Speisekarte wieder auf, weil die Bedienung an ihren Tisch kam, um ihre Bestellungen aufzunehmen.

Nach dem Essen, das sie, abgesehen von ein paar nichtssagenden Floskeln, schweigend hinter sich gebracht hatten, schlug Max vor, weiter ins »Café Neuf« zu ziehen. »Um der alten Zeiten willen, ja, Jens?«

Max hatte erwartet, dass Jens versuchen würde, Mia Brouwers weiter zu provozieren. Stattdessen hatte er die meiste Zeit geschwiegen, nachdenklich an seinem Pfannkuchen herum gesäbelt und die dazu servierten Aprikosenscheiben unschlüssig auf seinem am Rand mit Spritzern von Schokoladensoße verzierten Teller hin- und hergeschoben.

»Aber nur, wenn ich bezahle!«, rief er schließlich und leerte sein Glas. Sekundenlang wirkte Jens wieder so vital und entschlussfreudig, wie Max ihn aus ihren letzten Begegnungen in Erinnerung behalten hatte.

»Okay!«, sagte Max, legte Mia Brouwers seinen Arm um die Schulter und sah sie fragend an.

»Klar, gerne«, antwortete sie. Und nachdem sie bezahlt hatten, liefen sie hinaus in die Nacht.

Im »Café Neuf« herrschte eine ähnliche Stimmung wie in der Bar des »Marocco-Palace« in Tanger, in die er sich während eines Semesterferienaufenthalts in der weißen Hafenstadt einmal verlaufen und anschließend stundenlang die Bauchtänzerinnen, die dort auftraten, bestaunt hatte. An der Decke drehte sich ein Ventilator, der die über den Tischen und ausladenden Sesseln aufsteigenden Rauchschwaden träge verquirlte, untermalt vom Klackern aneinander stoßender Billardkugeln und gedämpftem Jazz. Dazu dann und wann das Klirren von Gläsern.

Rund um den Billardtisch fläzten sich Spanner in dunklen Anzügen, die an Cocktails saugten und den Bedienungen in die Ausschnitte schielten. Hinter der Theke jonglierte der Barmann blitzende, silberfarbene Shaker, und aus einer Ecke ertönte hysterisches Lachen.

Jens war bedächtig an die Bar gegangen und auf einen der langbeinigen Hocker geklettert. Max lehnte an der Wand und hatte seinen rechten Arm um Mia Brouwers Schulter gelegt. Interessiert verfolgte er das Treiben, während er eine Strähne ihres vollen dunklen Haares spielerisch um seinen Zeigefinger wickelte, los ließ und wieder danach angelte.

Unaufgefordert brachte ihnen die Bedienung zwei Genever, und Max war einen Moment irritiert, bis er sich zu Jens umdrehte, der grinste und ihnen sein Glas von der Bar aus prostend entgegenhielt.

Später gingen sie ebenfalls zu in kugelrunden Gläsern servierten Cocktails über, und mit jedem Schluck wurde Mia Brouwers ausgelassener. Die Spannung, die noch beim Essen zwischen ihr und Jens geherrscht hatte, war verflogen. Denn als sie mit ihrem Glas in der Hand vorschlug, sich für den nächsten Tag Bretter zu leihen und zu surfen, stimmte Jens sofort zu.

»Du surfst?«, sagte Max überrascht. »Das wusste ich ja gar nicht!«

Mia Brouwers sog kräftig am Strohhalm ihres Cocktails, stellte ihr Glas vor sich auf den Tisch und lächelte Max an. »Du weißt vieles nicht, mein lieber Max!«

»Und was wird dann aus mir?«, sagte er mit gespieltem Protest.

»Du wirst mich mit einem ausgebreiteten Handtuch und einem Lächeln am Strand empfangen!«, antwortete sie und gab ihm einen Kuss auf die Nasenspitze. Max konnte ihren warmen, nach Alkohol riechenden Atem schmecken.

Jens schmunzelte.

»Ach ja?«, brummte er.

»Ja!«, sagte Mia Brouwers. Dann schlang sie beide Arme um Max' Hals und flüsterte ihm ins Ohr: »Und hinterher wirst du eine Überraschung erleben!«

»Na, das klingt aber geheimnisvoll!«, sagte Max.

»Abwarten!«, antwortete Mia Brouwers und trank einen Schluck.

NEUN

Ihr Schrei riss ihn jäh aus seinen Träumen, und Max wusste im ersten Moment nicht, wo er sich befand.

Zwischen den kleinen Vorhängen drang kaum Helligkeit herein, nur das hellblau leuchtende Display des Radios spendete etwas Licht. Es zeigte neun Minuten nach Vier. Max spürte Mia Brouwers warmen, wie von schwachen Stromstössen geschüttelten Körper neben sich. So, als bebe die Erschütterung des Schreis in ihrem Innern nach.

»Scht, ganz ruhig«, hauchte Max und legte ihr seine Hand auf die Stirn, »es ist alles in Ordnung!«

»Nein, nein, bitte nicht!«, stöhnte Mia Brouwers und warf sich herum.

»Was ist Mia, wovon sprichst du?«, sagte Max.

»Das dürft ihr nicht tun, nein!«, rief sie und begann zu schluchzen.

»Mia!«, rief er und strich ihr die schweißnassen Haare aus der Stirn.

»Lasst mich!«, rief sie mit geschlossenen Augen, warf sich wieder herum, verstummte und schlief weiter.

Als er ihr am Morgen von ihrem Schrei und ihrem Schluchzen erzählte, sah sie ihn erschrocken an und sagte: »Habe ich im Schlaf gesprochen? Was habe ich gesagt?«

»Ich habe kaum etwas verstanden«, antwortete Max, der das Ganze für nicht so wichtig hielt, und strich sich über das unrasierte Kinn.

»Los, komm schon, denk' nach!« Sie ließ nicht lokker und setzte sich neben ihm im Bett auf.

»Es waren nur ein paar Sätze«, sagte Max, »Du hast, glaube ich gesagt, *das dürft ihr nicht tun.*«

»Und sonst?« Sie sah ihn prüfend an. »Was noch?«

»Nichts. Aber wieso ist denn das so wichtig?«

»Ach, schon gut!«, antwortete Mia Brouwers und wirkte einen Moment wie abwesend. Dann erhob sie sich aus dem Bett und streckte sich wie eine Katze nach dem Schlaf.

Max konnte sich nicht satt sehen an ihrem nackten Körper, griff nach ihrem Arm und holte sie ins Bett zurück. Er zog sie sanft in die Kissen und schob seine Hand zuerst hinunter zu ihren leicht geöffneten Schenkeln, dann dazwischen. Mia Brouwers schloss die Augen, stöhnte leise und nahm ihn wenig später wieder in sich auf.

Auch in der Nacht hatten sie, nachdem Jens betrunken in seinem Zimmer verschwunden war, miteinander geschlafen, und Max hatte noch lange hinterher den Gleichklang ihrer Bewegungen in seinem Becken gespürt. Doch nun war es anders, ein verträumtes wechselseitiges Agieren wie bei sich paarenden Schmetterlingen, die, miteinander verbunden, schwerelos von Blüte zu Blüte schweben, wobei mal der eine, dann wieder der andere das Kommando übernimmt.

Als Max über sein Gefühle reden wollte, die er hatte, während sie miteinander schliefen, sagte sie, »Lass es!«, lachte, und verschwand mit tänzelnden Schritten im Bad.

In einem Café um die Ecke tranken sie einen Kaffee und aßen Croissants. Max beobachtete Mia Brouwers fasziniert dabei, wie sie den seidig glänzenden Honig auf ihr Hörnchen strich, denn sie verteilte ihn so großflächig darauf, als ob sie es damit bemale. Und nachdem sie ihm einen flüchtigen Kuss auf den Mund gegeben hatte, verschwand sie mit den Worten, »Bis um zwei!«

Doch wohin ging sie, wenn sie verschwand? Zu wem? Zu ihrem Bruder, der im Krankenhaus lag und ihre Besuche erwartete? Und wieso war sie vollkommen unverletzt geblieben, während es Henk so schwer erwischt haben sollte? Oder ging sie vielleicht zu einem anderen Mann, in ein anderes geheimes Leben, in dem sie vielleicht sogar verheiratet war?

Am Vorabend im »Café Neuf« hatte sie mit Jens verabredet, sich mit ihm um zwei unten am Strand zu treffen, ausgerüstet mit Segel, Brett und Neoprenanzug.

Max hatte das anfangs für eine Schnapsidee von ihr gehalten. Doch als sie mit Jens zu fachsimpeln und wie selbstverständlich von Fachbegriffen wie »Halse«, »Aufgleiten«, »Beachstart« und »Segel aufholen« zu reden begann, begriff er, dass sie offenbar tatsächlich etwas vom Surfen verstand. In dem Moment wurde ihm wieder bewusst, wie wenig er von ihr wusste.

Auch bei Lena, Alice oder Karen war das anfangs so gewesen: Man war sich begegnet, hatte sprachlos Gefallen aneinander gefunden und war sich körperlich näher gekommen. Doch irgendwann hatte man angefangen, miteinander zu reden und dem anderen persönliche Dinge anzuvertrauen, so dass aus dem anfänglichen Phantasiebild des Anderen Zug um Zug ein Mensch mit einer eigenen, unverwechselbaren Geschichte wurde, der, wie man selbst, Geheimnisse besaß, Vorlieben und Abneigungen hatte, Träume und Ängste.

Doch bei Mia Brouwers war es anders: Sie wollte sich ihm nicht anvertrauen. Ihren Körper ja, nicht aber ihr Innerstes. Denn jedes Mal, wenn er versuchte, sie ein wenig auszuhorchen, wich sie aus, wechselte rasch das Thema oder verstummte. So war sie genaugenommen noch immer eine Fremde für ihn. Ein schöner Schatten, der kam und sich über ihn legte – und wieder verschwand.

Sie hatte ihm ihren und den Namen ihres Bruders genannt, und gesagt, dass ihre Eltern in Zeeland lebten und ihr Vater eine international tätige Speditionsfirma betrieb. Aber was besagte das schon? Das alles konnte genauso gut frei erfunden sein.

Ein paar Mal war er kurz davor gewesen zu sagen: »Wer bist du eigentlich, Mia Brouwers?« Doch jedes Mal, wenn er dazu ansetzte, tauchte sie so, als ahne sie, was folgen sollte, unvermittelt weg und vernebelte ihm mit Zärtlichkeiten die Sinne wie ein Tintenfisch, der vor seinen Jägern in eine dunkle, undurchdringliche Wolke entschwindet.

Anfangs hatte es Max fasziniert, wie konsequent Mia Brouwers ein Rätsel aus sich und ihrem Leben machte und ihn damit nur umso stärker anzog. Inzwischen aber hatte er das sichere Gefühl, dass sie ein Geheimnis in sich trug, das sie mit allen Mitteln vor ihm zu schützen suchte. Weshalb sonst hatte sie so besorgt reagiert, als er ihr von ihrem Reden im Schlaf erzählte? Hatte sie Angst gehabt, sich womöglich verraten zu haben? Doch wen oder was hatte sie zu fürchten? Was war ihr Geheimnis?

ZEHN

Bis zu ihrem Treffen am Strand blieben ihm noch mehr als drei Stunden. Max trank seinen Kaffee aus, bezahlte und lief hinaus in Zandvoorts mäßig belebte Straßen, ließ sich an den Geschäften vorüber treiben.

Kurz spielte er mit dem Gedanken, das Krankenhaus aufzusuchen, um herauszufinden, ob es dort tatsächlich einen Patienten namens Henk Brouwers gab. Doch die Vorstellung, Mia Brouwers dort in die Arme zu laufen, ließ ihn davor zurückschrecken, und so ging er stattdessen in Richtung Aussichtsturm. Von dort oben hatte man einen ausgezeichneten Blick über die Stadt und, meerwärts, auf die versprengt oder in kleinen Kolonien zusammenstehenden, oberhalb der Dünen errichteten, blau oder weiß leuchtenden Holzhäuser, bei deren Anblick Max jedes Mal an die Gemälde Edward Hoppers denken musste.

Während des Studiums hatte er einmal im Museum Ludwig in Köln eine Hopper-Retrospektive besucht und beim Anblick der durchweg melancholisch gestimmten, zumeist nur wenige Personen zeigenden Bilder plötzlich zu frieren begonnen. Denn obwohl auf vielen der Arbeiten ein strahlend blauer Himmel zu sehen war, war ihm aus dem Blau und dem Weiß des angedeuteten Sonnenlichts plötzlich eine solche Kälte entgegengekommen, dass er aus den Museumsräumen hinaus in den sonnigen Mainachmittag geflohen war. Dabei hatten ihm die Bilder Hoppers eigentlich immer gefallen.

Hopper war damals groß in Mode gewesen, und unter den Ausstellungsbesuchern hatte Max eine ganze Reihe seiner Kommilitoninnen entdeckt. Auch Lena war unter den Besuchern gewesen, und er hatte mit dem Gedanken gespielt, ihr nachzugehen und ihr in einem günstigen Moment, wenn sie versunken vor einem der Exponate stand, von hinten die Augen zuzuhalten und sie an sich zu drükken. Doch dann hatte sich aus dem Besucherstrom ein Typ mit Bart gelöst und war auf sie zugegangen. Zunächst schien es, als werde er an ihr vorbeigehen, doch im letzten Moment wandte er sich ihr zu, schlang ihr seine Arme um den Hals und küsste sie.

Max hatte damals heftig schlucken müssen. Denn Lena hatte ihm noch lange, nachdem sie ihm den Laufpass gegeben hatte, im Kopf herumgespukt. Später war er ihr noch ein paar Mal in der Mensa über den Weg gelaufen. Doch größere Notiz nahm sie nicht mehr von ihm, ein kurzes unverbindliches »Hallo«, und sie war verschwunden. Dabei hätte er problemlos die Form ihrer Brüste auf ein Stück Papier malen können, so vertraut erschien ihm ihr Körper auch noch Monate nach der Trennung.

Max stieg die eng gewundene Treppe des Aussichtsturms hinauf, und ließ seinen Blick über die Dächer der Stadt gleiten. Dann nahm er sich eine der dort ausliegenden deutschen Zeitungen, fand einen freien Platz am Fenster und bestellte eine Cola.

Auf der Titelseite stieß er auf einen knappen Bericht über das Erdbeben in Süddeutschland. Von erheblichen Sachschäden war in dem Text die Rede. Verletzte oder gar Tode seien aber trotz der relativen Heftigkeit des Bebens glücklicherweise nicht zu vermelden.

Max schob die Zeitung beiseite, zog sein Handy hervor und gab die Nummer seiner Mutter ein. Als nur das Band ihres Anrufbeantworters ansprang, sagte er: »Ich bin in Holland. Es geht mir gut. Max«, und legte auf.

Er ertastete wieder das Schreiben des Dekanats in seiner Jackentasche und musste grinsen. Damit hatte alles angefangen.

Er leerte sein Glas, bezahlte und legte die Zeitung zurück zu den anderen. Nach einem letzten Blick hinaus aufs offene Meer, an dem in der Ferne russgraue Wolkenschiffe am Himmel vorübereilten, verließ er das Turmcafé.

Es sah nach Regen aus, und Max schlug den Kragen seiner Lederjacke hoch. Er lief hinunter zum Boulevard Barnaart. In der Ferne war diffus die ins Meer hineinragende Landzunge IJmondhaven auszumachen.

Als Kind war Max häufiger mit seiner Mutter in Zandvoort gewesen, meistens übers Wochenende, aber auch einmal in den Sommerferien. Mit dem Wagen war die holländische Nordseeküste in etwas mehr als vier Stunden zu erreichen, und seine Mutter, die damals als Sekretärin in einem Institut für Geodäsie arbeitete und einen knallroten Opel Kadett fuhr, hatte so ziemlich alles geliebt, was aus Holland kam: »Stroopwaffeln«, »Ontbijtkoek«-Frühstückskuchen, jungen Gouda und Herman van Veen.

Max dagegen hatte die Fahrten nach Holland als eher traurige Veranstaltungen in Erinnerung, denn während er den Strand in der Regel vergeblich nach Spielkameraden absuchte und sich langweilte, lag seine Mutter die meiste Zeit wie betäubt auf ihrem Handtuch, eine überdimensionierte, verspiegelte Sonnenbrille auf der Nase und eine qualmende HB im Mundwinkel. Oder aber sie saß in einer der zahllosen Strandbars und betrank sich langsam mit Gin Tonic.

Auf Höhe des ins nördliche Zandvoort führenden »Zeewegs« kehrte Max um und lief zurück. Der aufkommende Wind fuhr in die Fahnen der am Boulevard aufgestellten weißen Masten und ließ ein rhythmisches Knallen ertönen.

Am Strand waren die ersten vom Wind angelockten Surfer mit ihren Brettern eingetroffen. Max sah auf die Uhr. In etwas mehr als einer Stunde würden Mia Brouwers und Jens ebenfalls dort unten sein.

Max lief zurück zu seiner Pension, um zu sehen, wie weit Jens mit seinen Vorbereitungen war. Er fragte sich, wo Jens auf die Schnelle ein passendes Surfbrett herbekommen haben sollte, als er keine hundert Meter entfernt vor sich Mia Brouwers erblickte. Bekleidet mit einem dunklen Neoprenanzug und hellen Sportschuhen kniete sie neben einem auf dem Rücken liegenden schwarzen Hund, den sie ausgiebig streichelte.

Max lief einige Schritte auf sie zu, blieb aber stehen, als er sah, dass sie offenbar genau jenen schwarzen Hund kraulte, der ihn unten am Strand angegriffen hatte. Er wich in einen Hauseingang zurück, um nicht von ihr gesehen zu werden. Mia Brouwers sprach mit dem Hund, doch was sie sagte, konnte er aus der Entfernung nicht verstehen.

Wie konnte es sein, dass sich der Hund, der ihn wie eine Furie angesprungen hatte, ihr gegenüber derart zutraulich, ja geradezu unterwürfig verhielt? Woher kannte sie ihn? Verwirrt schlich er sich, ohne sich noch einmal umzudrehen, in die entgegengesetzte Richtung davon.

ELF

Wie die Wasserläufer, die er als Kind in den Bächen der Eifel beobachtet hatte, schossen die beiden Segel übers Wasser, schlugen mal einen Haken nach rechts, dann wieder einen nach links, und glitten, vom Wind angetrieben, solange immer weiter aufs Meer hinaus, bis sie in dem Gewirr der zahllosen anderen Surfer kaum noch auszumachen waren.

Max war, nachdem er zur Pension zurückgegangen und dort eingenickt war, verspätet am Strand eingetroffen, so dass er nur noch mitbekommen hatte, wie Mia Brouwers und Jens ihre Bretter aufs Meer hinausschoben, irgendwann hinaufgeklettert waren und sich in den Wind legten. Ein paar Mal hatten sie einander etwas zugerufen, das er nicht verstand, doch dann hatte der stramme Luftzug sie wie an unsichtbaren Leinen hinausgetrieben.

Manchmal glaubte er, das orangerote Segel von Mia Brouwers am Horizont ausmachen zu können, doch schon im nächsten Moment war es wieder im ruhelosen Hin und Her der anderen Segel verschwunden.

Der stärker gewordene Wind trieb den losen Sand in Wellen über den Strand und bildete darauf immer neue, rasch wechselnde Muster.

Max hatte das Gefühl, bereits seit Stunden an seinem Platz gesessen und aufs Meer hinausgestarrt zu haben, als Mia Brouwers orangerotes Segel sich in sein Blickfeld schob, näher kam und größer wurde und ihre Gestalt scharfe Konturen annahm.

Sichtlich erschöpft, aber mit einem breiten Grinsen, ließ sie sich von ihrem nass glänzenden Brett ins Wasser gleiten. Dann packte sie das flach auf dem Wasser liegende, jetzt, im Nachmittagslicht blutrot leuchtende Segel und zog es im Schlepptau hinter sich her. Bis sie, nur noch wenige Meter vom Ufer entfernt, wieder Grund unter den Füßen hatte und die letzten Meter lief. Zuletzt ließ sie das Brett samt Segel in den Sand fallen und kam lachend auf ihn zu.

»Da staunst du, was?«, rief Mia Brouwers und schlang ihm ihre wegen des nassen Neoprenanzugs glitschigen Arme um den Hals.

Max konnte den Wind und das Wasser in ihren kühlfeuchten Haaren riechen, sie roch wie ein eben noch in den Tiefen des Meeres dahintauchendes Amphibium, fremdartig und faszinierend zugleich.

»Ja, toll!«, rief er, und hielt über ihre Schulter hinweg Ausschau nach Jens.

Sie löste sich aus seiner Umarmung, bückte sich nach ihrer gemeinsam mit den Schuhen im Sand liegenden Tasche und zog ein Handtuch heraus, mit dem sie sich die Haare oberflächlich trocknete.

»Hast du Jens da draußen gesehen?«, sagte Max und betrachtete bewundernd Mia Brouwers Figur, die in dem dunklen, nass glänzenden Anzug etwas absolut Vollkommenes besaß.

»Ja, aber irgendwann habe ich ihn aus den Augen verloren!«, antwortete sie lapidar, und begann mit einem Ratschen den Reißverschluss des Anzugs zu öffnen. Dann sagte sie, »Komm' her!«, und stellte sich mit dem Rücken vor ihn, packte seine Hände und schob sie sich vorne in den offenen Anzug über die nackten kalten Brüste.

Erste dicke Regentropfen fielen, und der Himmel, der sich eben noch in einem hellen, rauchigen Grau präsentiert hatte, war jetzt bedrohlich schwarz.

Mia Brouwers hatte sich bereits umgezogen und stand in ihre Windjacke gehüllt neben ihm. An den Füßen trug sie ihre hellen Sportschuhe.

»Wo Jens nur bleibt?«, sagte Max, und blickte hinaus aufs Meer, wo sich nur noch eine Handvoll Surfer in der Ferne tummelte. Er suchte Mia Brouwers Blick, doch der Wind wehte ihr immer wieder die Haare vors Gesicht.

Nachdem der letzte Surfer im inzwischen heftig über den Strand peitschenden Sturm hereingekommen war und an seinem Segel hantierte, ging Max auf den Mann zu und fragte: »Ist sonst niemand mehr draußen?« Der stärker gewordene Regen ließ erste kleine Seen im Sand entstehen.

»Nee!«, rief der Andere, »ich war der letzte!« Dabei strahlte er und zog sein Brett samt Segel an Land. Unter seinem Neoprenanzug wölbten sich seine kräftigen Oberarmmuskeln.

»Er wird schon kommen!«, sagte Mia Brouwers. Sie hatte sich bereits ihre Tasche umgehängt. »Bestimmt wurde er abgetrieben und ist weiter drüben an Land gegangen. Das kommt öfter vor.« Dabei beschrieb sie mit dem ausgestreckten Arm einen Halbkreis in der Luft.

»Willst du damit sagen, wir sollen ohne Jens gehen?«, sagte Max und sah sie ungläubig an.

»Ich muss, denn sonst hole ich mir den Tod! Und das willst du doch nicht, oder?«, antwortete sie und lächelte. Dann lief sie im Regen davon.

»Und was ist mit deinem Brett und dem Segel?«,

rief Max ihr hinterher. Sie zuckte die Achseln, drehte sich aber nicht mehr um.

»Mia, bleib doch!«, rief Max, und ließ seinen Blick hilflos zwischen ihrer sich rasch entfernenden Gestalt und dem sturmgepeitschten Meer hin und her springen. Der Himmel hatte sich unterdessen wie eine schwarze Kuppel über das aufgebrachte Meer gelegt, eine Horizontlinie war nicht mehr zu erkennen. Unter der tobenden Gewitterfront waren die Wellen weit draußen sicher meterhoch. Blitze zuckten auf und erloschen ebenso schnell. Womöglich kämpfte Jens dort draußen um sein Leben.

ZWÖLF

Es war bereits weit nach acht und die Nacht hereingebrochen, als Max immer noch am Strand stand und in der Dunkelheit Ausschau hielt. Der Sturm war abgeflaut, und es regnete nicht mehr. Da und dort geisterten in der Ferne die Lichtkegel der Fischkutter übers Wasser.

Weil er fror, hatte Max irgendwann begonnen, ruhelos am Strand auf und ab zu laufen, in der Hoffnung, Jens vielleicht doch noch auftauchen zu sehen. Und dann, etwa dreihundert Meter in Richtung Aussichtsturm, stieß er im Schein des Mondes auf ein angeschwemmtes Segel. Träge bewegte es sich in der leichten Dünung hin und her.

Er zog es aus dem Wasser, nahm sein Sturmfeuerzeug aus der Tasche und ratschte es an. Und dann sah er es: es handelte sich tatsächlich um das blaue Segel, mit dem Jens am Mittag aufs Meer hinaus gesegelt war. Und plötzlich fielen ihm Mia Brouwers Worte vom Vorabend wieder ein: *Und hinterher wirst du eine Überraschung erleben!* Das hatte sie ihm ins Ohr geflüstert und dabei vieldeutig gelächelt, als sie im Beisein von Jens übers Surfen sprachen. *Und dass Jens sie nicht stören würde.* Doch was hatte sie ihm damit sagen wollen? Dass Jens nicht mehr zurückkommen würde von ihrem Surftrip?

Max drehte sich noch einmal nach dem im Mondlicht silberfarben schimmernden im Sand liegenden Segel um. Dann zog er seine Jacke enger um sich und lief los.

Was war draußen auf dem Meer passiert? Eine Frage, die ihm keine Ruhe ließ. Hatte Mia Brouwers mit dem Verschwinden von Jens gerechnet? Weshalb sonst hatte sie so teilnahmslos reagiert, als er sie darum gebeten hatte, mit ihm auf die Rückkehr von Jens zu warten?

Er stellte sich Jens dort draußen vor, tot und wie ein Stück Holz, das die Strömung spielend immer weiter hinaustreibt, und bekam Angst. Aber was besagte das angeschwemmte Segel denn schon? Doch nur, dass Jens es offenbar verloren hatte. Er konnte genauso gut ohne Segel an Land zurückgetrieben sein, an anderer Stelle, auf sein Brett gekauert, mit den Händen paddelnd wie ein Hund im Wasser.

Max betrat die hell erleuchtete Pension, lief an dem verdutzt blickenden Wirt vorbei die Treppen hinauf und blieb vor dem Zimmer mit der Nummer elf stehen. Sein eigenes mit der Nummer fünfzehn lag am Ende des Flurs in entgegengesetzter Richtung. Er klopfte an die verschlossene Tür, drückte ein paar Mal die Klinke herunter. Doch es rührte sich nichts.

Mia Brouwers saß auf dem Bett und blickte von einem aufgeschlagenen Magazin auf, als er in sein Zimmer kam.

»Na, endlich!«, sagte sie, nahm aus einer offen neben ihr liegenden Tüte ein paar Kartoffelchips und schob sich einen in den Mund. »Ich dachte schon, du kommst überhaupt nicht mehr.«

»Ich habe sein Segel gefunden, es wurde angeschwemmt!«, sagte Max, und schälte sich umständlich aus seinen feuchten Kleidern. »Was sollen wir jetzt machen?«

»Abwarten«, antwortete sie ungerührt, und schob sich wieder ein paar Chips in den Mund. »Was sonst!«

»Abwarten? Worauf denn? Dass seine Leiche angeschwemmt wird?«

Max sah sie überrascht an und verschwand ins Bad, um eine heiße Dusche zu nehmen. Als sie eine halbe Stunde später im Halbdunkel miteinander schliefen und die Reflexe der Positionslichter der Kutter schon wieder ihren Tanz an der Zimmerdecke vollführten, bewegte er sich auf Mia Brouwers wie auf einer schwankenden Planke im offenen Meer. Unsicher und ängstlich, jeden Moment herunterzurutschen.

Hinterher lagen sie wortlos nebeneinander, und Max blies den Rauch seiner Zigarette an die Decke. Irgendwann sagte Mia Brouwers: »Woran denkst du?«

»An Jens natürlich!«, antwortete Max schroff, »an was denn sonst?«

»Warst du deshalb so abwesend, eben?«

»Schon möglich«, sagte er. »Wir liegen hier, und Jens lebt vielleicht nicht mehr!«

Nun schien der Augenblick gekommen, um sie nach dem schwarzen Hund zu fragen, und was sie mit »Überraschung« gemeint hatte. Doch so, als könne sie seine Gedanken lesen, sagte sie: »Stell bitte keine unnötigen Fragen, okay?«

»Was willst du damit sagen?«, sagte er, und richtete sich im Halbdunkel neben ihr auf. Im Schein des hereindringenden Mondlichts schimmerten Mia Brouwers Brüste weiß wie Porzellan.

»Dass du aufhören sollst, dir unnötig Gedanken zu machen!«

»So«, sagte Max. »Du findest also, meine Sorge um Jens ist unnötig?«

»Das habe ich nicht gesagt«, sagte Mia Brouwers

und richtete sich neben ihm auf. Dann stieg sie aus dem Bett und angelte im Dunkeln nach ihren auf dem Boden liegenden Kleidern.

»Wo willst du hin?«, sagte Max, und machte in dem auf dem Fensterbrett stehenden Aschenbecher seine Zigarette aus.

»Ich muss gehen!«, sagte Mia Brouwers und zog ihre Bluse über.

»Jetzt? So plötzlich? Aber wieso denn?«, sagte Max und griff nach ihrem Arm, um sie zurückzuhalten. Doch sie entwand sich seiner Umklammerung und schlüpfte in ihre Jeans.

»Aber Mia, bleib' doch!«, rief er und griff erneut nach ihrem Arm.

»Lass mich!«, sagte sie, stieg in ihre Schuhe, warf sich ihre Jacke über und war verschwunden.

DREIZEHN

Ein paar Mal schreckte Max keuchend aus dem Schlaf hoch und starrte mit aufgerissenen Augen in die Schwärze des Zimmers.

Im Traum war Jens' Leichnam auf ihn zugetrieben, mit vom Meerwasser aufgedunsenen Leib und leeren, starren Augen, an deren Rändern sich kleine Krabben festgebissen hatten. Ein Büschel Seetang hatte sich um seinen blassen Schädel gelegt.

Ruhelos warf er sich hin und her, und es dauerte bis zum Morgengrauen, ehe er wieder einschlief. Als er gegen elf schweißgebadet und erschöpft von seinen Träumen erwachte, ging vor dem offenen Fenster dichter Regen nieder.

Max dachte an den Vorabend und Mia Brouwers plötzliches Verschwinden. Einerseits hatte er das Gefühl, ohne sie besser sehen und klarer denken zu können; andererseits fehlte sie ihm: ihre Augen, ihre Art, wie sie Dinge ansah, danach griff und in die Hand nahm. Und natürlich ihre Berührungen. Und auch wenn er das Spiel, das sie mit ihm spielte, noch immer nicht durchschaute, so war er sich doch sicher, dass er bald hinter ihr Geheimnis kommen würde.

Nachdem er sich angezogen hatte, nahm er unten sein Frühstück ein: Spiegeleier und Toast, dazu ziemlich dünnen Kaffee. Über dem Meer hingen schwere graue Wolken. Wenn der Wind drehte, klatschte der Regen heftig gegen die Scheiben.

Max hatte das Frühstück fast beendet und blätterte nachdenklich in einem der abgegriffenen, auf dem Tisch liegenden holländischen Magazine, als der Wirt, ein kleiner, dürrer Mann mit Glatze und ungewöhnlich buschigen Brauen über den schmalen, grünbraunen Augen, an seinen Tisch trat und grinsend und in holprigem Deutsch sagte: »Ihre Freundin hatte es aber ziemlich eilig gestern Abend!«

»Und wenn schon!«, sagte Max, ohne von dem Magazin aufzusehen.

»Es geht mich ja nichts an«, fuhr der Andere ungeniert fort, so als sei ihm die Unlust seines Gastes, sich zu unterhalten, gleichgültig, »aber sicher kennen Sie die Geschichte der Dame?«

Max blickte von dem Magazin auf. »Was für eine Geschichte? Wovon reden Sie?« Im selben Moment klingelte das Telefon im Büro, der Wirt drehte sich um und lief hinüber.

Max nahm noch einen Schluck von seinem bereits kalt gewordenen Kaffee. Er hatte den Mann ein paar Mal beobachtet. Sein Teint war rötlich wie der einer Frau, und die langen Wimpern gaben seinem schmalen Gesicht trotz der buschigen Brauen eine irritierende Weichheit. Wahrscheinlich ein Schwuler, hatte Max gleich bei seiner Ankunft in der Pension gedacht. Dazu passten auch die goldenen Ringe, die er an beiden Händen trug.

Kaum hatte Max seine Kaffeetasse auf dem Unterteller abgestellt, kam der Wirt mit einem hellen Trenchcoat bekleidet aus seinem Büro gelaufen, seufzte: »Oh, mein Gott!«, und eilte an ihm vorbei nach draußen.

»Aber Sie wollten mir doch…!«, rief Max ihm konsterniert hinterher.

»Später, später!«, erwiderte der Andere gehetzt, und Max sah, wie er draußen in einen hellbraunen Skoda stieg und davonbrauste.

Als er wieder in seinem Zimmer war und das kleine Sony-Radio einschaltete, hörte er, was passiert war: Beim Landeanflug auf den Amsterdamer Flughafen Schiphol war ein mit 134 Passagieren besetzter Jet der »Turkish Airlines« in ein Feld gestürzt, in drei Teile zerbrochen und in Flammen aufgegangen. Die Rede war von neunzehn Toten und mehr als fünfzig Verletzten. Die Ursache des Unglücks sei noch unklar, hieß es.

Womöglich befand sich ein Bekannter oder Verwandter oder ein Freund des Wirts unter den Opfern. Weshalb sonst hatte er alles stehen und liegen lassen und war derart überstürzt davongefahren?

Sofort musste Max wieder an Jens denken. Doch inzwischen kam ihm dessen Verschwinden immer unwirklicher vor, wie geträumt. Genauso unwirklich wie die Meldung des Flugzeugunglücks im Radio. Ein schrecklicher Traum, lang und quälend, und doch leider so real wie der Regen, der draußen hinter den Scheiben niederging. Dabei kreisten seine Gedanken um die immergleiche Frage: Hätte er nicht längst zur Polizei gehen und das Verschwinden von Jens melden müssen, damit man eine Suchaktion einleitete, statt dazusitzen und seinen Verlust zu bedauern? Und mussten nicht seine Eltern in Düsseldorf verständigt werden? Oder die Agentur in Hamburg? Denn war er, Max, nicht mit schuld an seinem Verschwinden? Schließlich war er es gewesen, der ihn gebeten hatte, nach Zandvoort zu kommen.

Max zog, wie er das gewohnheitsmäßig mehrere Male am Tag tat, das Handy aus seiner Tasche, um nachzusehen, ob er Nachrichten erhalten hatte. Auf dem Display blinkte es: zwei neue Mitteilungen wurden angezeigt.

Max rief seine Mailbox an. Die erste Nachricht war von seiner Mutter, die wissen wollte, wo er steckte. Er drückte die 3, um die Nachricht zu löschen, und kehrte zur Ansage seiner Mailbox zurück. Das Band lief los, doch es war nur ein Ein- und Ausatmen zu hören, gepresst und angestrengt im Rauschen der Leitung, gefolgt von einem Räuspern. Dann wurde die Verbindung unterbrochen.

Max schloss die Mailbox, und legte das Handy nachdenklich vor sich auf den Tisch. Ein paar Sekunden leuchtete das Display noch blau, dann schaltete das Gerät in den Ruhemodus.

Weshalb, fragte er sich mit Blick auf das Gerät, hatte der oder die Anruferin nicht sofort wieder aufgelegt, sondern gezögert und sich erst noch geräuspert? Und woher kannte er bloß dieses Räuspern?

Max nahm das Handy und hörte es sich noch einmal an. Und plötzlich glaubte er zu verstehen.

VIERZEHN

Gegen Mittag hatte es aufgehört zu regnen, und der Himmel riss über dem Meer auf. Zögerlich schoben sich erste Sonnenstrahlen zwischen den Wolkenschichten hindurch.

Max, der in seinem Zimmer auf dem Bett gelegen und in dem Buch, das er mitgenommen hatte, lustlos einige Seiten gelesen hatte, legte es weg, nahm den kleinen Stadtplan, den er im Zimmer gefunden hatte, warf sich seine Lederjacke über und verließ die Pension.

Der Wirt war noch nicht wieder zurück. Stattdessen, das konnte Max durch den Spalt der nicht ganz geschlossenen Bürotür hindurch sehen, saß eine ältere Frau an seinem Schreibtisch vor dem Computer.

Seit er seine Mailbox ein zweites Mal abgehört hatte, bestand für ihn kein Zweifel, dass Jens lebte. Gott sei Dank! Er hatte sich, da war Max sich sicher, durch sein Räuspern verraten. Doch warum hatte er nichts gesagt, und weshalb kam er nicht zurück in die Pension? Was bezweckte er mit diesem makabren Spiel?

Max bog in Richtung Zentrum ab. Das Krankenhaus befand sich im östlichen Teil der Stadt, ein grauer nichtssagender Gebäudekomplex, vor dem Wagen der »Holland Ambulance« standen.

Er betrat das Gebäude und erfuhr, dass sich kein Henk Brouwers unter den stationär behandelten Patienten befand. In seiner Liste fand der Pförtner einen Jan Brouwers, einen dreiundsiebzigjährigen Rentner aus Bloemendaal, den man tags zuvor mit einem Herzinfarkt eingeliefert hatte.

Max bedankte sich und verließ das Gebäude. Verwirrt setzte er sich auf eine der Bänke in dem angrenzenden Garten. Erst die rätselhafte Nachricht auf seinem Handy. Und nun das.

Als er am nächsten Morgen im »Café Koper« in der kleinen, hauptsächlich von deutschen Touristen bevölkerten Kerkplein saß, wo er bei früheren Aufenthalten regelmäßig mit Jens gesessen, deutsche Zeitungen oder »Het Parool« gelesen und Schokomellen getrunken hatte, das »Haarlems Dagblad« in die Hand nahm, schlug ihm auf der Titelseite die Meldung von Jens' Tod entgegen. Flankiert von einem Foto des Toten hatten sie den Fall mit der Überschrift *»Wer ist der Tote von Bloemendaal?«* zum Aufmacher gemacht.

Jens' Leichnam war am Vortag zwei Kilometer östlich von Zandvoort angeschwemmt worden. Strandspaziergänger hatten ihren Fund der Polizei gemeldet, und die örtliche Presse hatte Wind von der Sache bekommen. Doch wer war dann der mysteriöse Anrufer vom Vortag gewesen?

Eine halbe Stunde später stand Max in der kleinen, bis unter die Decke grau verkachelten Leichenhalle der örtlichen Polizeistation der »Netherlands Politie« und ließ seinen Blick ungläubig auf dem hellen Tuch ruhen, das man über den Leichnam gebreitet hatte.

Als der Beamte es wegzog und das bläulich verfärbte, aufgedunsene Gesicht von Jens zum Vorschein kam, nickte Max einmal, drehte sich um und verließ den Raum.

Er gab dem Beamten die notwendigen Informationen, damit man die Eltern von Jens verständigen konnte, hinterlegte seine deutsche Anschrift und verließ die Polizeistation. Er wollte fort, weg aus Zandvoort, weg von allem, und wäre am liebsten gerannt. Draußen erbrach er sich in die Büsche, welche die kleine, schlecht asphaltierte Straße gegen den zum Meer hin abfallenden Damm begrenzten.

Max schob die Hand in seine Jackentasche, um die Zigaretten herauszunehmen. Da ertastete er den Brief des Dekanats. Er zog ihn heraus, betrachtete ihn grimmig und dachte: Den habe ich ja ganz vergessen, und stopfte ihn wieder in die Tasche.

Als er in der Pension eintraf, saß Mia Brouwers auf der kniehohen Mauer, die das Grundstück umgrenzte, und lächelte ihn an.

»Henk geht es besser!«, sagte sie. »Er wird morgen aus dem Krankenhaus entlassen. Gut, was?«

Max überlegte kurz. Dann sagte er: »Das freut mich!«

Er spielte mit dem Gedanken, ihr von Jens zu erzählen, sagte aber stattdessen: »Ich fahre nach Hause!«

»Jetzt schon? Aber wieso denn?«, sagte Mia Brouwers, erhob sich und schlang ihm beide Arme um den Hals.

Max konnte ihr Parfüm riechen, und musste an ihre erste Begegnung am Strand denken. *Verfolgen Sie mich etwa?*, hatte sie damals gesagt, und ihm innerhalb weniger Sekunden den Kopf verdreht. »Meiner Mutter geht es nicht gut!«, log er, und löste sich aus ihrer Umarmung.

Doch ohne auf seine Antwort einzugehen, sagte sie: »Ach, komm schon, Max, nur noch ein paar Tage! Ja?«

»Nein!«, sagte er und drängte zum Eingang.

Da legte Mia Brouwers das Kinn auf die Brust, blinzelte herausfordernd und bewegte ihr Becken ein paar Mal langsam vor und zurück.

»Auf Wiedersehen, Mia Brouwers!«, sagte Max und sah sie lange an. Dann drehte er sich um und ging in die Pension.

Nachdem er seine Sachen gepackt und seine Rechnung bezahlt hatte und wieder auf der Straße stand, war sie verschwunden. Mit seiner Tasche in der Hand blickte er sich einmal nach links, einmal nach rechts um. Über dem Meer ballten sich dunkle Wolken. Es würde bald wieder regnen. Genau wie am Tag seiner Ankunft. Er hatte kein Glück gehabt mit dem Wetter.

Er lief zu seinem Wagen. Und nachdem er seine Tasche im Kofferraum verstaut und sich hinters Steuer gesetzt hatte, sah er es: Mia Brouwers hatte spiegelverkehrt ihren Namen in die helle Staubschicht der Windschutzscheibe geschrieben.

Einen Moment spielte er mit dem Gedanken, einfach so loszufahren. Doch dann betätigte er die Wischanlage, die Scheibenwischer kratzten ein Sichtfenster frei, und der Schriftzug war verschwunden. Und dabei dachte er: Es ist wirklich. Sie stand eben noch vor mir. Ich habe das alles nicht geträumt!

Max ließ den Motor an, zog den Brief des Dekanats aus seiner auf dem Beifahrersitz liegenden Lederjacke und schob ihn in den engen Spalt zwischen Konsole und Windschutzscheibe. Er legte den ersten Gang ein, sah in den Rückspiegel und fuhr los. Lautlos zitterte der Brief im Luftstrom der Lüftungsschlitze wie ein eingeklemmter Schmetterling. Er würde ein paar Kilometer die Küste runterfahren, irgendwo anhalten und endlich das tun, wonach ihn seit seiner Abfahrt in Deutschland so dringend verlangte.

Max bog von der Küstenstraße bei Heemstede in Richtung De Zilk ab und folgte der Beschilderung der N 208 nach Noordwijk. Eine Viertelstunde später hatte er den Boulevard von Katwijk erreicht, stellte den Motor ab und zog den Brief des Dekanats aus dem engen Spalt.

Er stieg aus dem Wagen und lief hinunter zum Strand, wo Jugendliche ihre bunten Drachen in den Wind aufsteigen ließen und deren ruhelosem Auf und Ab grölend zusahen.

Gegen den knirschenden Widerstand des Sandes lief er bis ans Wasser, ließ die Spitzen seiner Schuhe von dem salzigen Etwas belecken, so dass sie sich sofort dunkel verfärbten. Dann zerriss er den Brief in zahllose kleine Schnipsel, umschloss den Packen mit seiner Faust und stieß sie dem Meer entgegen. Erst im letzten Moment öffnete er sie. Und mit einem kurzen Blick auf die wie vom Himmel fallenden und aufs Meer hinaus tanzenden Papierfetzen wandte er sich ab.

Postfach 121111 | 10609 Berlin
www.transit-verlag.de

Umschlaggestaltung, unter Verwendung eines
Photos von Ferdinando Scianna / Magnum Photos /
Agentur Focus, und Layout: Gudrun Fröba
Druck und Bindung: Pustet, Regensburg
ISBN 978-3-88747-269-6

256 Seiten,
geb. mit Schutzumschlag
ISBN 978 3 88747 268 9

Ivan Klímas »Stunde der Stille« ist sein erster Roman, ein in Deutschland unbekannter Schlüsselroman, der nach seinem Erscheinen in Prag 1963 schnell vergriffen war und dann der Zensur zum Opfer fiel. »Stunde der Stille«, handelt überhaupt nicht von einer stillen, sondern einer überaus aufregenden und entscheidenden Zeit nach 1945 und kann als eine sehr frühe und sehr spannende Darstellung des »realen Sozialismus« gelesen werden – und seines unausweichlichen Scheiterns.

»Ivan Klíma führt vor, was ambitionierte Erzählkunst kann, ohne an Unterhaltsamkeit einzubüßen.«
Volker Hage, DER SPIEGEL

256 Seiten,
geb. mit Schutzumschlag
ISBN 978 3 88747 258 0

»Barbal schafft es, mit ihrer ruhig und schlicht erzählten Geschichte die Menschen zu berühren. Sie stellt die Beobachter am Rande ins Zentrum, diejenigen, die sich nicht trauen, laut zu sprechen, die erröten und zu stottern beginnen, wenn man sie anredet. Diesen Menschen mit kleinem Ego entlockt Maria Barbal grosse Geschichten.«

Brigitte Kramer, NEUE ZÜRCHER ZEITUNG

»2007 gelang der katalanischen Autorin mit ihrem Büchlein ›Wie ein Stein im Geröll‹ der Überraschungserfolg auf dem deutschen Buchmarkt. Mit »Cámfora« erscheint nun ein weiterer Roman von Barbal, der den Vergleich mit ihrem großen Erfolg nicht zu scheuen braucht.«

DER BUCHLADEN SAARBRÜCKEN